Gaea

Gaea

復仇女神的正義（下）

譚劍 著

復仇女神的正義 ⑤

目錄

聲明

本故事純屬虛構，絕無影射成分。

所有涉及警隊、法律及醫學的部份，即使看來像眞有其事，但也全屬虛構，並不反映實際狀況。

書中所有科技皆眞實存在，但技術細節同樣都爲劇情服務，只是難保有一天會成眞。

In order to do good, you may have to engage in evil.

Recognize at times we have to engage in evil, but minimize it.

——*The Fog of War: Eleven Lessons from the Life of Robert S. McNamara*

第二部／覆桌：復仇篇

第七章／曾經擁有的（2019）

91

二〇一九年初，香港政府計劃修訂逃犯條例，引起極大爭議。

由三月開始，遊行一波接一波，人數也愈來愈多。

六月時，超過兩百萬市民上街遊行示威，那表示，每四個人就有一個參與。

汪家禮坐在銅鑼灣電車路旁邊一個商場四樓的美式連鎖餐廳裡，和其他食客站在落地大窗前看著黑壓壓的人群在腳下緩緩移動，久久沒有見到隊尾。

幾個老一輩的香港人說，他們在香港住了大半輩子，經歷過六七暴動、七三年石油危機引起的股災、八四年中英兩國發表香港在九七年回歸的聯合聲明、八七股災、八九後信心危機、九七年亞洲金融風暴、〇三年沙士、〇八年金融海嘯、一四年佔領金鐘後，什麼大風浪沒見過？

每一次下沉，香港這隻不死鳥都會浴火重生，經濟會反彈，而且彈得更高。

所以，事件再惡化，樓價下跌，就叫兒女趁機撈底入市。

「嗱，正所謂『你恐懼時我貪婪』，人棄我取，六七暴動嗰陣誠哥用平價買地，由塑膠花大王變地產大亨。跟誠哥學嘢啦！」（「正所謂『你恐懼時我貪婪』，人棄我取，六七暴動那年李嘉誠大哥用平價買地，由塑膠花大王變成地產大亨。我們要跟誠哥學習！」）

「係呀，李超人眼光好準㗎，千祈唔好同佢對賭，唔係底褲都輸埋呀！」（對呀，李超人眼光很準，千萬別跟他對賭，不然連內褲也輸掉！）

汪家禮覺得政治「關我撚（鳥）事」，他目前最關心的是自己「條撚嘅事」，也就是下半身的福祉。

他曾經以為在這個動盪的大時代裡，女性會飢不擇食要求速食性愛，尋求安全感，可是性幻想和現實有巨大差距，在自由愛上回應他的女生，在半年內從一星期兩位數，大幅下降至單位數，最後歸零。

ＡＩ的行為預測全部失效。

整座城市的女人好像都失去性交的慾望。

這可糟糕了，沒有性交，就沒有下一代，這座城市完蛋了。

七月二十一日晚上，一位父親的朋友約他們幾個小輩去吃日本菜。

雖說是前輩，但沒有架子，三杯下肚，就沒再當他們是小輩，什麼祕密都可以說。

前輩年輕時是音響銷售員。在九十年代香港最輝煌時，遍地黃金，很多人錢多到花不完，即使沒有什麼音樂品味，也會花幾十萬購買頂級音響器材。買器材比提升音樂品味和吸收音樂知識快捷許多，反正外行人看不出來，只會覺得買家很懂音樂。

前輩因此輕易賺進第一桶金，把錢拿去投資磚頭，賺了錢再加碼投資，除了買住宅，也在工廠大廈無人問津時以低價購入十多個單位，用大型音響播放大師卡拉揚（Herbert von Karajan）指揮布魯克納（Anton Bruckner）、馬勒（Gustav Mahler）和蕭士塔高維奇（Dmitri Shostakovich）等作曲家的恢宏交響曲，也安置模型、家居雜物，以及其他太太不讓他放在家裡的雜物。他甚至在裡面放乒乓球枱和桌球枱，把單位變身為私人運動場。

「我太太從來沒去過我的工廈單位，覺得那種地方污糟邋遢。」前輩在半醉時透露。「我在其中一個單位裡面安置了一面大書架，上面放了幾百本日本漫畫，但只要把書架拉開，就會發現後面有個三百多呎的房間，有獨立洗手間和淋浴間，和一張king size大床。」

只要在座的都是男人，話題就少了很多禁忌，臉上也多了不少曖昧的笑容。

前輩老實說，他帶不同女性朋友上去過，玩遍每個角落。有時還是多P活動，參加者來自不同職業和年齡層，都要戴上面具，像Stanley Kubrick的《大開眼戒》裡的性愛派對一樣。

他戲稱這為「全港市民業餘性運動會」，只要持「香港永久性居民身份證」就符合參加資格。

「人不風流枉少年和中年嘛！」

直到六十歲後，前輩發現自己逐漸失去對女性的慾望。

「就像你去博物館，面對林布蘭（Rembrandt）的《夜巡》（*The Night Watch*），或者卡拉瓦喬（Caravaggio）的《以馬忤斯的晚餐》（*Supper at Emmaus*），雖然你知道這兩幅畫的偉大，但失去欣賞的興趣。」前輩凝視窗外的香港夜景，感慨萬千。「你曾經擁有的東西，有一天卻突然失去，不管你有多少錢也買不回來，那真的很悲哀。」

幾年前，香港政府批准工廠大廈變更用途，工廈單位的價值跟著大幅飆升。前輩把有價值的珍藏品集中到其中兩個單位裡，不然就賣掉或送人，其餘單位則陸續裝修為面積近千呎的樓中樓出租，每月租金帶來的被動收入超過五十萬。強勁的現金流夠他和太太餘生住豪華郵輪的陽台艙環遊世界。

「我會把郵輪當成老人院來住，希望住到息勞之日。」

汪家禮本來以為這餐只是輕鬆聊天，原來是餞行。

他們開了兩支「溫燗」（Nurukan，四十度）的大吟釀暢飲，不醉無歸。

汪家禮騙大家說沒開車，否則前輩一口酒也不會讓他碰。

前輩和他們這些小輩逐一擁抱後道別。

汪家禮去地鐵站繞了一圈，等其他人上了的士或者被司機接上車後，才獨自回到停車場。

就算要開車，他也不會滴酒不沾，反正他的車有自動駕駛功能。

車開上東區走廊後，以逼近車速限制的時速七十公里奔馳。

他覺得自己沒有醉意，但開始難以專注在路況上，只好把雙手放在方向盤上，讓自動駕駛系統主導。

現在警察很忙，會設置路障在重點區域截查公共交通工具找示威者，沒有時間去理會一架沒有超速的私家車。

星期一凌晨一點，由自動駕駛系統控制的私家車把汪家禮送回大廈屋苑。裡面別無他人。

車轉入直長的通道後，突然不受控制地加速，把他驚醒。他的頭撞到頭枕上，還沒來得及反應，車已經直接撞上一根直徑一公尺、用來分隔車位的混凝土方柱。那個堅硬的九十度角，幾乎把車頭左右切開。

汪家禮雖然有繫好安全帶，但安全氣囊並沒有彈出。

混凝土方柱撞爛車頭的擋風玻璃後，繼續猛力撞擊到他的頭顱上。

腦漿及鮮血流滿車廂，部份腦漿更飛濺出如廢鐵般的車外。

這一夜的香港很不平靜。幾個小時前，過百名身穿白衣的黑幫成員進入元朗港鐵站襲擊手無寸鐵的市民和媒體工作者。現場影片不只震撼全港市民，也令全球華人譁然。

沒人分神理會一宗停車場致命意外。

92

星期五晚上八點半，麗貝卡穿著運動裝出門，搭巴士在維多利亞公園[1]下車後，開始往北小跑步，經過維多利亞女皇銅像和一個個戴上口罩回家的行人，最後抵達山丘涼亭，旁邊有兩尊古炮面對維園道和避風塘。

這裡在晚上非常僻靜，人跡罕至，同樣穿運動裝的司徒素珊坐在一張長椅上等她。汽車在維園道呼嘯而過，提供絕佳的聲音掩護。

這是年多來，她和司徒素珊第一次見面。期間她們沒有聯絡，但麗貝卡一直留意司徒素珊的動向，和那個群組中成員的動靜。

汪家禮酒後駕駛意外身亡的消息在公司裡引起轟動，不只因為他英年早逝，也因為這個收入不高的同事原來住豪宅，是海味店的太子爺。

「這人打跛腳都唔使憂（打瘸腳也沒有生活上的煩惱），來上班幹什麼？」幾乎每個同事都在問。

那場車禍當然不會是意外，最大可能，就是那架車經過改裝，擁有非法的自動駕駛系統，而司徒素珊找到方法駭了進去。

不過，這首先要解答一個問題。

「妳怎會知道那傢伙的車有自動駕駛系統？」麗貝卡試探地問。

「他在ＩＧ上說常光顧一間汽車維修公司，費用高得不像話。我加入幾個汽車的臉書群組，根據內容，推敲出那間公司提供特別的改車服務。」

香港政府限制進口汽車自動駕駛的功能，所以，汪家禮和不少車主一樣，找汽車專家非法安裝名為「FreeDriver」的自駕系統，結合ＧＰＳ、物體識別、ＡＩ，一開始時由公司創辦人獨自編寫，後來這系統規模愈來愈大，一個人應付不了，才把軟體變成開源，也就是免費。公司則靠售賣硬體去賺錢。

美國的保安專家發現FreeDriver的漏洞太多，向州政府建議取締，以免一個個不定時炸彈出現在公路上。

很多人認為，用哪家自動駕駛系統，是使用者的自由。陰謀論者認為，政府和大企業勾結，打擊小型開發商。

1 維多利亞公園：以維多利亞女皇命名。在香港是具有非比尋常的歷史和文化意義的地標。

FreeDriver公司被逼結業後，二手硬體仍繼續在市場上流通，包括海外。軟體變成開源，由懂得程式的用戶維護，但填補漏洞的速度追不上駭客鑽研漏洞的速度，後者甚至設計專門的crimeware（犯罪軟體）在暗網上出售。買家可以輕易入侵目標的自動駕駛系統，並取得控制權，甚至進行勒索。

「那天我把安裝好crimeware的筆電靠近汪家禮的車後，」司徒素珊解釋說：「crimeware自動啟動入侵程序，顯示他過去一年開車的路徑。我把資料和他們那個群組的對話串比對後發現，他只要發動侵犯女性的行動，那晚就不開車，以免留下證據。」

麗貝卡佩服司徒素珊即使不年輕，仍然孜孜不倦學習新技術。麗貝卡自從升上管理層後，就沒有這個耐性和本事，對工作以外的很多技術細節都停留在理論層面，無法實際操作。

相反地，司徒素珊雖然已四十多歲，但始終以技術人員自居，如果住在沒有嚴重年齡歧視的外國，就算沒有活得如魚得水，也不愁工作。

「兩個星期前，我趁他的車停在交通燈前時，悄悄把車往後退了半公尺，去測試能否控制他的車。他應該是喝醉了沒有察覺。他只要沒約女性，就會喝酒，也會由自動駕駛送他回家。這太好了。沒有人會同情司機醉駕後意外身亡。」

華人社會普遍認為，如果做了壞事，上天都會去裁決，冥冥中自有主宰。因果循環，天網恢恢，疏而不漏。

「為什麼不讓他的車直接撞到停車場的牆上？」麗貝卡問。

「妳以為私家車撞牆一定致命嗎？」司徒素珊反問：「根據外國的統計，在致命的撞車意外裡，高達百分之四十八是撞樹，撞牆只佔百分之二。可是在香港，不容易在市區的路邊找到樹，也不容易在人車爭路的市區街道把車開到高速。最重要的是，我不想傷及無辜。」

她特地以送餐員的身份，潛入他的大廈屋苑停車場，親臨他的車位，設計意外發生的過程和地點。

要是不知道前因後果，麗貝卡會覺得坐在殺人犯身邊很可怕，但現在她覺得司徒素珊只是替天行道。

在沒有死刑的香港，市民不必討論支持死刑或廢死，因此對那個議題連基本概念也沒有。很多人只是單純認為，替天行道是濫用私刑，正確的處理方法是走一次法律程序。

可是，如果案件無法攤在陽光下接受檢驗，你如何尋求公義？

那些男人沒有殺人，但不代表沒有傷害其他人。長期精神折磨的罪責不比謀殺來得輕來得小。

司徒素珊出手，讓很多女性不必再受傷害。

就像捕殺外來的入侵物種，才能保護本土物種不被滅絕，這超出了討論「殺生對不對」的層次。

汪家禮的死亡以意外包裝，外人不知道他被謀殺，毋須思考「死刑」這議題，也毋須思考「精神淩虐是否等於謀殺」的議題。

用自己的方式解決，比走法律程序簡單直接和快捷。

汪家禮死後，麗貝卡聽到很多女同事說，那傢伙注視她們的眼神很怪，喜歡注視她們的腿，如果穿露趾鞋，他更會目不轉睛地盯著腳趾，好像要捧起來吮吸。

麗貝卡很想告訴她們，那人不只是大變態，而且是人渣，是害死她朋友女兒的凶手，是女性的公敵，死有餘辜。

「我已經找到對付其他人的方法，他們很快就會面對懲罰。」司徒素珊說。「但我還沒有找到『藝術大師』的真身。」

「我說過，他可能是另一個人的化身，又或者他只是個喜歡旁觀的變態，或者性無能，或者身處外地。」

「我不知道，藝術大師暫且不理。我只知道怎樣對付剩下的那五個人，這次約妳出來要說的是另一件事，需要妳幫忙。」

司徒素珊透露她其中一個計劃，但麗貝卡想也不想就一口回絕。

「這個風險很大。」

「這是我的風險，不是妳的。」司徒素珊道：「我在行動前會把所有妳提供的資料全部洗掉，就算我被捕，警方也不會追查到妳身上。妳看我過去的經歷，應該對我有信心。」

麗貝卡大感不妙。只要司徒素珊被捕，警方就會懷疑她的情報從自由愛來，然後在LinkedIn的資料庫裡搜尋，不用三秒鐘就可以把麗貝卡找出來，即使兩人是十多年前的同事也一樣。

人與人之間一旦建立了關係，不管大家是朋友，還是後來相愛相殺、疏遠、吵架、成為敵人，全部都會在資料庫裡保留下來，也無法抹掉。

這就是資料庫的可怕。

她願意幫助司徒素珊，也希望送那些人渣去死，這是她的贖罪券，但底線是要保住自己的工作和自由，而不是和司徒素珊一起在女子監獄裡做苦工。

她把手搭在司徒素珊的手掌上，溫柔地道：「我擔心過風險，但現在也無所謂。妳的計劃最讓我擔心的是，萬一出意外，妳不是被捕，而是死亡。」

「我早就有這覺悟。如果幹掉六個人後死去，我已經賺翻。」

「不，妳的生命和靈魂，就算一百個人渣的總和也比不上。妳有的是時間，沒必要同歸於盡。如果妳想到更好的方法，我一定會答應妳。」

成為人生勝利組的是自己而不是司徒素珊，祕訣是把指示包裝得像個漂亮的禮物，讓對方欣然接受。

果然司徒素珊注視遠方，陷入沉思。

第八章／欺凌者（2020）

93

「電動滑板急停，男人被單車撞死。」

這個新聞標題馬上引起柳漢華注意。

積木人說喜歡玩電動滑板，這個出意外慘死的不會這麼巧是他吧！

但連續幾天晚上，他都沒有出現。

積木人是受新冠肺染感染被緊急送入院，或者因交通意外而身亡？

柳漢華估計他是個二十多、三十歲的年輕人，但這幾天沒有一個死者或確診者屬於這個年齡層。

只要他還活著，一定會和大家保持聯絡。

幾天後，沉默的巨龍不告而別，同樣令柳漢華感到不安。

一星期內兩人消失，這是怎麼一回事？

其實朝霧在去年七月二十一日突然消失，柳漢華就應該覺得不對，只是當時覺得朝霧可能是被拘捕。

如今回想，朝霧很可能是遇到意外。

這種接二連三的消失和意外很不尋常。柳漢華嗅到不安的氣息，覺得危機逼近。是不是有人向他們發動襲擊？或者，進行報復？

柳漢華從來沒想過有人向自己報復，怎可能？

身為公務員，他這輩子從來沒碰過這種事情。舉凡市民投訴，身為主管的他都會把問題拋給下屬，或者推給其他政府部門。那些他素未謀面的同事不用打招呼也會心照不宣知道怎樣玩下去，把問題拋去第三個部門，然後第四個、第五個，令投訴者疲於奔命。

萬一媒體介入，把事情鬧大，只要找個藉口如「等待內部決策」或者「成立專案調查小組」之類的，把投訴不斷拖延。

幾年後，他就會被調去其他部門，把所有事情跟自己撇得一乾二淨。接任的同事會說不瞭解這件事，需要花時間去釐清前因後果，投訴者就要把整個投訴過程的每一步重做一遍，把所有話再講一遍。很多人就這樣被耗費大量精力和時間後舉手投降。

這種手段，他們在官僚體系裡打滾多年的公務員早就玩得出神入化。所有市民的問題，最終都可以用行政手段拖延。只要拖得夠久了，市民失去耐性，問題就會消失。

柳漢華雖然在官僚體系內活得如魚得水，但由於一直以來都用這種方式解決問題，所以在體制以外，就沒有其他解決問題的方法，他的戰鬥能力近乎零。

這次的「投訴人」身份不明。本來匿名投訴可以不理，但投訴手法無法拖延，也不會自動消失，只會愈來愈大，離自己愈來愈近。

更要命的是，對方一直躲在暗處發動攻擊，就算你舉起槍，槍口也不知道要瞄準哪個方向。

當初他們成立這群組時，說過永遠不會出來見面。他們不是興趣小組，做的是不能公開的事，在現實世界沒有聯絡，最安全也最能自保。

可是，自肺炎爆發以來，很多他熟悉的規則都被迫改變，如果再坐視不理，他們只會像鴨子般一隻隻被射擊斃命。

「今晚我們要出來見個面。急」他分別發私訊給一等良民、魔童和藝術大師。

「爲什麼要出來見面？用加密通訊吧！」魔童回覆。

「在網路上，沒有通話是安全的」

「有必要這麼怕嗎？」

「除非你想被幹掉。不管怎樣，我們最好出來見個面，面對面把話說清楚」柳漢華回覆。

魔童雖然說得輕佻，但起碼願意出來見面。

「你跑得動嗎？」柳漢華問。

「爲什麼要跑？」

「難道你想找個餐廳坐下來見面？你今晚穿運動鞋出來，最好黑色的，或者不要太顯眼的那種」

一等良民和藝術大師沒有回應，幾小時後藝術大師乾脆離開群組，意思再明顯不過。

「別他媽的煩我！」

94

曹新一一大早去大神的辦公室，整層樓裡面沒有其他人，冷清得不像話，像是結業潮的前奏，但曹新一不敢亂說話。

以大神的重量級體型，如果有糖尿病、高血壓、心臟病等一大堆慢性病，並不會讓曹新一意外。大神屬於被感染後死亡率最高的一群，應該在家裡避疫才對，但這種話曹新一說不出口。

大神從工作桌上抓起一個壓力球，再用力去擠壓，像是要把全身的力量都灌進藍色的小球裡。

「你的感情問題解決好了嗎？」

「算是吧！」曹新一黯然地道：「我和最懂我、知道我最多祕密的人分開了。」

「那也沒有什麼大不了……」

曹新一幾乎想回嘴說，大神你這種靠ＡＶ ＤＩＹ的人懂個屁，對了，你幾天前煞有介事推出一部影片分析諾蘭導演的作品，想轉型嗎？大家都褪下褲子嚴陣以待，然後你一本正經講Dunkirk戰役的前因後果？你有看排山倒海問候你家人的精彩留言嗎？

「……你有沒有想過，現在知道你最多祕密的人，不是你那個老師而是阿南。你為什麼不和阿南結婚？」

大神的口沒遮攔，再次讓曹新一皺起眉頭。

「別開玩笑了，這是很嚴肅的事情。」

「我跟你講的就是最嚴肅的事情。阿南幫你這個忙，違反了你們那行的專業操守，如果被發現的話就無法繼續在那行混下去。你有沒有想過她為什麼要這樣做？」

「不就是你叫她的嗎？」

「唉，你們這些年輕人就是過分依賴ＡＩ和大數據，失去愛情的表達和接收能力。就算ＡＩ叫你愛一坨大便你們也不會抗拒。你有沒有注意過她看你時含情脈脈的眼神？當然沒有。你心裡從來沒有過她，但她心裡有你，這是最悲慘的愛情不對等關係。我就跟她這樣說過。」

曹新一驚訝得說不出話來。

他和阿南見過才多少次？四次或者五次？他連阿南的身高也沒有概念。

「你們年輕人就是這樣，以為可以找到完美對象，不管看電視電影甚至吃碗飯覺得不合心意就在網上肆意批評，但世上根本沒有完美。」

雖然被教訓，但大神是出於好意。

接下來他們才談公事。

曹新一要拜託大神去找到能闖入醫管局系統的專家，把陳德東的檔案調出來，找出凶手行凶的方法。

「我本來有個人選。」大神面有難色。「但那傢伙供職的科技公司被美國限制高科技出口往中國和香港的政策害死，整間公司要搬去新加坡。即使疫情嚴重，他老兄也正在為一家四口準備移民事宜。這間公司不是我唯一知道的個案。我幾乎可以肯定，未來香港會出現移民潮。」

曹新一不喜歡大神講話會把主題拉到老遠的說話方式，那是他提高門檻以便索取高額中介費的前置手段。

「你能找到幫手嗎？」

大神思考時，把手上的壓力球在左右手掌之間傳來傳去。曹新一覺得那個球就是自己，不只無法逃出大神的手掌心，任何人還都可以把自己搓圓擛扁。

幾分鐘後，大神把壓力球放下。

「我有個很曲折的方法，但要花幾天時間，當然，也很花錢。」

大神開出高達五位數的價錢，但這是曹新一所沒有的門路。

「我手頭很緊，拿不出這筆錢來，可不可以賒欠？」

「你欠我太多人情債未還，還想欠我錢？」大神伸長手抓了一個計算機過來，低頭按了一輪，給他看上面一個三位數的數字。「我提供彈性收費計劃，你可以分期付款，分二十四個月攤還。每月還這個數應該ＯＫ吧？」

曹新一摸不透大神到底是不放過賺錢機會，還是盡力想幫自己，只好點頭。

「我本來以為你會說如果我跟阿南吃飯，就可以豁免。」

大神瞇起眼。

「二十一世紀過去了二十年，你的觀念怎會比我更過時？感情事無法勉強呀！」

95

柳漢華約魔童晚上十點在旺角銀行中心外的巴士站等候。

魔童和他一樣戴帽，也持一份報紙。這年頭的人很少會拿報紙在路上走，兩人很快就認出對方。

柳漢華還沒來得及看清楚魔童的身形，就叫他跟著自己登上第一架到站的巴士。

他叫魔童不要往上層，而是站在下層靠近門口的位置，在兩個站後的油麻地永星里下車。

在對面的巴士站，剛好有一架車身同樣沒有廣告的N21巴士停下等候乘客上車，柳漢華二話不說叫魔童跟著他，用盡全力穿過有六條行車線的彌敦道狂奔。

柳漢華平日常和孩子一起做運動，身手尚算靈活，魔童就不一樣，明顯跑不動。柳漢華跑到巴士旁邊時，魔童只跑到一半。幸好巴士司機很有耐心，等他們上車才開走。

如果有人跟蹤他們，很容易就會被發現。

巴士頭的顯示牌顯示目的地是東涌。柳漢華估計車程至少要一個小時。

柳漢華發現魔童上車後眼神很迷茫，打算在下層直接就座，只好拍他的肩，用食指指向上面，叫魔童跟著他爬樓梯上去，在最後一排坐下來。

魔童有點蠢的表現，和在網路上的精明有很大落差。柳漢華一向對這種情況習以為常。網路上的互動並不是即時，可以掩蓋很多反應落後的情況，可是以他在官場上打滾多年的觀察，覺得魔童是另一種情況：這傢伙平日沒有搭乘公共交通工具的習慣。

「這一招是學哪套電影的？」魔童有些透不過氣來，不得不脫下口罩和帽子，讓柳漢華看清楚他那張二十多歲的臉。

「True crime。」

雖然車程起碼要一個小時才抵達目的地，但上車的乘客會陸續把座位一個個填滿，等到他們坐近車尾時，柳漢華就不能再說下去，所以必須把握時間。

「我新開了一個手機號碼，你也要新開一個和我聯絡，當然，要用另一部手機。」他直接塞一張紙條給魔童。

「我會把我的手機清空，重設為出廠狀態。」

「別省那個錢。有些惡意軟體可以在重設後自動重裝。去年年底的新聞。雖然最近聽說可以徹底清除，但不排除會有變種，就像肺炎一樣。」

魔童把紙條收好。「有沒有想過對方是什麼人？怎會找上我們？」

僅僅這一句話，柳漢華就知道魔童和自己抱持相同想法，可以省下時間去說服他。

「不知道，我估計朝霧去年不是失蹤，而是第一個遇害。」

「她們怎會發現我們的存在？」

「怎會發現不到？有十幾個我們提過名字的囡囡照片和影片被丟到討論區和色情網站裡，不知道是誰幹的好事。」

「竟然有這樣的事？你為什麼不在群組裡說。」

「這種事公開的話，以藝術大師的個性，一定馬上把群組解散，不再玩下去。」

「也是，但不是說那些囡囡都怕事嗎？」

「你怎能相信那些分析？就算分析沒錯，也可能有個囡囡把事情告訴家人或朋友，結果找到幫手。」

「對，有這可能。」

「我記得翻查其中一條女的家庭背景時，發現她老母擔任過系統分析師，很年輕，當時失業。」

「沒印象，但她怎可能年輕？」

「以一個女兒二十出頭的女人來說，四十出頭很年輕，而且長得不錯，看起來只像三十多歲。她是可疑人物，但不確定。不管是誰，我們都應該去找私家偵探幫忙。」

魔童一怔。「這種事情可以怎樣找人幫忙？」

「當然不能老實提我們做過的事。」

柳漢華做了十幾年中層管理人，長期需要應付自大的領導層和底下剛晉升主管卻沒有帶人經驗的年輕同事，不只早練就出長袖善舞的能力，也擅於虛構故事應付各方質疑，否則難以在山頭林立的辦公室政治裡生存。

「我們假裝尋找失蹤的網路遊戲隊友，報出他們的失蹤日期，說不定偵探會當是一般失蹤人口去追查，繼而去調查是誰下手。」

魔童雙眼裡的焦點飄到上方，像在尋找答案，過了一陣才點頭。

「好像可行。」

「就算不可行，也沒有其他方法。就算我沒死，這事一公開我就完蛋。」

「我還不是一樣。」魔童點頭。

不過一個小時，他們就由沒見過面的隊友變成命運共同體。

96

曹新一喜歡在趙韻之開視訊教學時，從後面盯著她的長腿看，欣賞她的大腿曲線。

以前他們租房子時，他沒有這習慣，可是酒店的氣氛不一樣，他和女性來酒店要做的事情就只有一樣。

現在兩人在酒店裡過的就是比開水更平淡的日常生活，反而讓他難以適應，覺得有什麼重要的事情還沒有完成。

可是，只要把趙韻之推倒，以她認真的個性，這可不是一句「我只是開玩笑」可以打發的。她會反擊說他在試探她的底線，心懷不軌。他們之間的關係會馬上破裂。

他想起紀曉芳和他打完分手炮時的忠告，無性戀關係要是兩個人都是，才能持久，他現在和趙韻之的關係很不健康。

可是，趙韻之在他心目中的地位無可取代，和她分開的話，他覺得自己的世界會馬上崩塌。

即使不分開，讓她知道自己的過去也是一樣的結果。

這都是那個醫科生萬豐年害的。

找了那麼多年，始終沒有那混蛋的下落，說不定他和自己一樣改過名字，甚至換掉並不常見的姓氏，展開新的人生。

真是便宜了他。

電話發出新的訊息提示聲，把他的思緒喚回現實。

這個加密訊息來自大神。

終於來了。

曹新一的心跳加速。陳德東不可能勒死自己，曹新一很快就知道自己的推論對不對。

他根據裡面的連結下載了一份加密檔案，解密後是一份兩百零八頁的ＰＤＦ，含圖片和文字，是陳德東在醫管局檔案裡的完整紀錄。

雖然曹新一分期付款，但大神一樣在三天內幫他找到檔案，而且沒有分開幾個部份給他，比「要再多一百人訂閱我才派福利」的ＩＧ女神來得乾淨俐落。

他把筆電的畫面投影到電視上，開始讀下去。就算不懂英文，也看不懂醫學名詞，但從圖片也能看懂一件事。

陳德東向老闆說和父母在車禍中受了重傷，並不是說謊，證據就是，他的大腿斷過，也在裡面加過鋼釘和螺絲。

另一份文件裡提到，外科醫生安排陳德東去見物理治療師，和去見精神科醫生，並被處方學名很長的精神科藥物。

曹新一快速在ＰＤＦ的字海裡前進，彷彿在一片片由文字組成的巨大森林裡奔跑。他沒時間和耐心去細看化成樹幹或者樹葉的字，那都不是他要找的東西。他要找的資料很重要，一定是棵顯眼的參天大樹。

控制滑鼠的右手無法停下來，直至他找到一封信。

陳德東的左手因為交通意外，整條手臂斷成好幾截，神經也壞死，無法接回去。外科顧問醫生寫了一封介紹信，要他去找九龍大學的機械工程學系系主任，希望能得到協助。

「他竟然是用義肢！」趙韻之在他身後說。「你什麼時候發現的？」

「嚴重交通意外最常見的就是斷手斷腳，有什麼難猜？」

曹新一說得很簡單，但其實是他見到她在床上盤腿而坐的長腿，覺得很容易會折斷而想到的。

「義肢也不可能意外勒死自己呀！」

「那當然不是一般義肢，是九龍大學的物理治療系和機械工程系合作的產物，仍在試驗階段，可以用肌肉神經控制，最驚人的是，還可以用腦電波透過藍牙去控制。」

「就像小學生在STEM課堂上用腦電波控制機械人那樣？」

「沒錯。由於是試驗產品，所以沒去處理保安環節，任何人都可以用藍牙連結，輕易登入並取得控制權。這義肢還有兩個缺點，第一，無法脫下，必須戴著睡覺。第二，移動速度很緩慢。不過，要移動手臂和張合手掌的動作去勒死一個人，絕對綽綽有餘。」

「天，這麼厲害的科技我居然不知道。」

「有什麼奇怪？妳又不需要使用。」

曹新一幾乎要拍她的手臂，但忍著。他們不能隨便有身體接觸。

「這也解釋他為什麼從來不在外面吃飯，因為會被發現使用義肢。可是，下手的人怎知道他有義肢？」

曹新一把那個ＰＤＦ檔收起來。

「這就是我下一步要找的答案。如果找到，說不定就能知道是誰動手的。」

97

柳漢華沒想到去偵探社的當晚，一等良民就沒有再登入他們使用的即時通訊軟體。很不尋常。

兩天後，那個坐輪椅叫巫師的偵探就發現有個男人死在賓館裡，雖然無法證明他就是一等良民，但日期和技術背景都吻合。

死神步步逼近，走路沒有聲音。

唯一的好消息是，死去的不是自己。

巫師又說，凶手利用物聯網發動攻擊，可以殺人而不必身體接觸。

這種手法超出柳漢華意料之外，卻又合情合理。

現在誰身上和家裡沒有物聯網裝備？所以家裡的網路和所有能上線的裝置像筆電、電話、平板、藍牙耳機等都極有可能被入侵，甚至電視機、遊戲主機、智慧喇叭、監視小孩子活動的鏡頭、吸塵機械人……全部都可以被敵人利用，用來監視和監聽自己。

他可以遮蔽電視機的鏡頭，吸塵機械人也可以換掉，智慧喇叭他們一家人都用來控制其他裝備，但也可以停用。

可是，他實在需要監視客廳的鏡頭，來確保傭工在家裡沒有偷懶或者虐待孩子。

此外，他們家還有智慧型手機、平板、筆電、路由器等不能輕易棄置的設備。雖然可以全部買新的，但如何把資料搬家又不會把奇怪的東西一起轉過去，想起來就頭痛。

唯一慶幸的是大廈升降機並沒有和網路連接，否則他可能要步行十九層樓回家。

98

「文教授放假，也不接受電郵訪問。」

曹新一寄給文應全教授的電郵都沒有回覆，只好聯絡他祕書。

「我知道，但這案件涉及一條人命，我只想和他通電話，十分鐘，可以安排嗎？」

祕書直接掛斷，也沒再接他的電話。

曹新一懷疑文教授拒人於千里之外的原因可以追溯到十七年前。

當時《熱週刊》收到女大學生長達六頁的來函說遭文教授性騷擾，繪影繪聲地指出文教授在自己辦公室裡不只扯她衣服，還向她露鳥。

週刊派出記者訪問女大學生後，認為這件事情屬實，於是不但刊出報導，更製作動畫（重要部份打馬賽克）說明，轟動全港。

不料文教授反擊，指那學生進辦公室要求調高論文評分，他不同意，她就威脅說會指控他性騷擾，讓他名譽掃地，結果被他趕走。

可是輿論不站在文教授這邊，幾個匿名人士在論壇上指控他有前科。

在沒有臉書的時代，對事情的觀點往往由權威人士或媒體一錘定音，那本週刊的讀者對雜誌上印的每一個字都深信不疑。

文教授成為眾矢之的。大學收到大量投訴電話，要求辭退文教授。

文教授啞忍三天後，拿出自己清白的證據，原來他幾年前受不了各種流言蜚語，所以在辦公室偷偷安裝了攝錄鏡頭。

聲音和畫面證實他才是講真話的那個人。

一向敢言、不向權力低頭的文教授指責《熱週刊》，不但沒有奉行媒體監督政府的第四權角色，反而濫用言論自由，捏造事實，向他這個沒有權勢也沒有後台的大學教授開刀以換取銷量。

《熱週刊》馬上改變風向，不是向他道歉，而是指控他偷窺女學生，居心不良。

事件擾攘了兩個星期後，文教授告上法庭，向《熱週刊》展開民事訴訟。

後來雙方庭外和解，傳聞文教授拿到一筆七位數的賠償金，並獲《熱週刊》在封面上刊登道歉聲明，但學系裡的權力鬥爭（批評他私自安裝鏡頭）逼他離開。他在幾個月後轉去校風較開放的九龍大學。

曹新一很想告訴文教授，他懂那種感覺。明明你做的是好事，不管是為別人出頭，或者保護自己，最後反而招來惡果。

媒體追求的不是正義，而是銷量，就像現在YouTuber為了追求流量而不擇手段一樣。報導的主角，不管是達官貴人、大學教授，或者他這種無名小卒，都可以成為媒體追求銷量的犧牲品。

而社交媒體的留言，對名人也少有敬意多懷惡意，特別是文教授這種曾經引起爭議的人，就算是十七年前的事，但只要google就能找得到。

現在紙媒沒落，連臉書也開始走下坡，每個人都可以在網路上做自媒體開地圖炮，真新聞混雜假新聞，追求銷量變成追求流量，本質不變。

你永遠不知道自己什麼時候被誰盯上再被網路公審，成為焦點人物。

曹新一直到出獄兩年後，才不再被人在街上認出來，他慶幸成為過氣人物。即使有人是稱讚他當年見義勇為，他也覺得夠了，只想接下來平平靜靜過日子，所以他的臉書和I

G帳號都沒有用真名實姓，也沒有個人照片。

社交媒體可以幫你成名，也可以把你毀掉。

就算文教授不理他，但曹新一不輕言放棄。

曹新一上次來九龍大學已經是四年前，現在校園的每一面牆壁、每一個角落、每一塊落地大玻璃都給他不同於當年的感覺，但他講不出具體差別。

他來到工程學院大樓八樓，在白燈光下沿走廊逐個房間察看，但沒見到文教授的名牌，最後詢問一個掛著職員證的中年女士。

「我是舊生，回來找文應全教授。」

「你去問八二一裡面的人。」她語氣冷淡。

曹新一像在迷宮裡尋找八二一，最後在廁所旁邊發現這個研究室。從位置安排，就知道是辦公室政治權鬥的結果。

文教授當年轉去的九龍大學，在換了管理層後，各學院和學系的辦公室政治愈來愈激烈，教授之間的權力鬥爭白熱化到登上報紙，後來連教職員和學生也在各大討論區匿名發表意見。

曹新一推開八二一的門，裡面有幾個同學正忙碌地組裝只有上半身的機械人骨架。

「請問文應全教授在嗎？」

意。

這話一出，馬上引起所有人的目光。

「他休假，不知道什麼時候回來。」有個紮馬尾戴眼鏡的女同學回答。

「他在五年前展開了一個關於義肢的研究項目，我想向他瞭解詳情。」曹新一說明來意。

「他帶領的所有研究項目都結束，團隊也解散，我們無法回答你。」女同學無意提供協助，和其他人一樣繼續手上的工作。

沒有人理會他，彷彿他不存在。

他臉皮再厚，都知道就算糾纏下去也無濟於事。

沒人知道文應全教授跑去哪裡。沒人知道他什麼時候回來。沒人提他的名字。他帶領的研究團隊已經解散。

全部加起來，表示他在權鬥裡失勢。

回到走廊上，海報全都是和機械工程的研究有關，包括一個跨學系ＡＩ研究會議。

「ＡＩ結合IoT成為AIoT，你準備好了嗎？」

曹新一很清楚AIoT是怎麼一回事。你從客廳走到房間，ＡＩ會根據你的位置控制所在區域的燈光、溫度和音樂，你連一根手指也不用動。

這也許會是賓館老闆吉叔希望的功能：萬一發現房內的客人動也不動，保持同樣姿勢超過十分鐘，或者體溫低於正常超過五分鐘，就會收到短訊通知。

曹新一離開工程學院大樓後，前往相鄰的連鎖咖啡室買咖啡。咖啡室裡沒有咖啡香，因為沒有多少人，但他可以癱坐在靠窗的沙發上觀察冷清的校園。除了非回校不可的學生，其他人似乎都在家裡，看著像趙韻之那種仍然不適應網課的講師授課。

要是他當年沒有入獄，全力應付第二次入學試，說不定能考進九龍大學，在校園裡和趙韻之擦身而過，畢業後在科技公司上班，也不用在自由愛找對象，因為在那個平行宇宙裡，光鮮和自由的校園取代了黑暗而封閉的監獄，他沒有不可告人的過去，可以光明正大地結識異性。

不過，這也表示他無法認識巫師、大神、阿夢等人。現在他的人生雖然不平坦，卻可以從底層的角度去觀察社會，比在科技公司上班更腳踏實地。

如果在科技公司上班的話，不是不重視人的性格，而是把人身上的一切包括出生年月日、性格、身高、體重、五官之間的位置、興趣、喜好和性格等，全都變成可以處理和分析的冰冷數字。

人只是資料來源，而不是有血有肉。

不，這種想法只是他的自我安慰。

如果能夠過較優渥的生活，他還是會毫不猶豫和那個平行宇宙裡的自己交換身份。

如果文應全教授知道會有今天這下場，他會由獨來獨往變成埋堆（融入群體）嗎？

不，他不會改變。他那種人喜歡自由自在，對政治沒興趣，只會把全部心思放在研究上。

雖然他失勢，他帶領的團隊解散，沒人再提起他的名字，但他的成果早就流傳民間。一個人可以被消失，但他做過的事在二十一世紀很難被消失。

曹新一應該往這個方向去找可以提供機械手臂情報的人。

99

柳漢華凌晨兩點多回到家，雖然放輕腳步，還是吵醒了襁褓中的小女兒。她嚎啕大哭，要太太安撫。

見到爸爸不是應該笑才對嗎？為什麼反而哭起來？

柳漢華皺起眉頭。

他搞不懂小孩，也從來沒打算搞懂。他把照顧小孩的事全部丟給太太，然後向太太發號施令，要求她把小孩調教成他要的樣子。聽父母話、服從性高、安靜、不要吵，就像太太一樣溫馴。

當然，也要從小培養孩子正確的理財觀念，不要談不切實際的理想，懂得賺錢比什麼都重要。

「你怎麼這麼晚才回來!?」太太接過他脫下的運動衣時小抱怨。「要不要弄宵夜給你吃。」

「不用了。」他沒有和她眼神接觸。「上頭要加速為同事提供遠端作業的功能，不然政府無法運作下去。」

柳漢華進到房間，把行李箱拿出來，把為數不多的生活必需品逐一塞進去。

「你去哪裡？」

「我有個同事的丈夫是從外地回港後不用被隔離的豁免人士，身上可能有肺炎病毒，我怕傳染給妳們，所以暫時搬到酒店住。」

「怎可以這樣？」太太的話充滿疑問。「你結婚後就和我一起，由我照顧，從來沒有一個人住過。你可以自理嗎？」

「酒店會提供很好的服務。不用擔心。」

「酒店不是更有機會和回港後要自我隔離的人同層？你怎知道鄰房的是什麼人？」

「不是所有酒店都會接待需要自我隔離的人。」

「吃飯怎麼辦？吃自助餐容易感染病毒。」

「他們會送餐到房間裡。」

「你要小心別吃到芝士。」

「我會的。不要囉嗦。」

囉嗦是他最受不了太太的一點。
他只需要聽他發號施令的女人。

100

曹新一走進沒有多少人的地鐵車廂，坐在一個穿短裙露出長腿的中年女人對面，難免想起紀曉芳。
他不知道她近況怎樣，但如果分開不到三天就反悔聯絡她，不只她看不起他，連他也看不起自己。
手機突然響起來。
不會是紀曉芳，雖然他很渴望接到她的電話。
會直接打這個電話的人，只有大神。
「那個幫你打過官司的樂律師，我剛見到他。他搬到我對面那座商業大廈。」
「你怎會連他幫我也知道？」曹新一驚問。
「樂律師很出名，你是我所知第十幾個找他做代表律師出庭的人。」
「找？找他老母！不是我找他，是他找上來。」
「最後也沒有分別吧！」

「全部人都認罪嗎？」

「那還用說。」

「下一站……」車廂廣播打斷曹新一的話，他等廣播停止後才繼續道：「巫師說他移民離開了香港，怎會莫名其妙回來？」

「你的情報錯得離譜，樂律師一直都在香港。」

大神的答案像一陣電流般走遍曹新一全身。

巫師欺騙他。

為什麼？

回想起來，樂律師去警局說代表自己，叫他直接認罪，這還說得通。可是，他出獄後，巫師邀請他加入偵探社，說是樂律師介紹的。這個理由不是沒有疑點，只是當時他沒有細想也沒有其他選項，所以才上了巫師的……賊船？

曹新一震驚得久久說不出一句話來。

「你是不是想問：這有沒有可能從一開始，就是一個局？」大神看透了他。

「是的話，我就被騙了好幾年。」

他深呼吸，迫不及待想要去和樂律師打招呼。

「你別衝動，人家應該快下班了。」

「你有什麼意見給我？」

「我只提供情報，不提供意見。」

「如果我付你顧問費呢？」

「這種顧問服務超出我的能力範圍。」

電話掛斷後，曹新一發現坐在對面的那個中年女人不見了。就算在，也無法安撫他內心的不安。

這天的刺激如海浪般一波波湧來，幾乎讓他應接不暇。

為什麼全部事情都要擠在同一天發生？

「你想尋求刺激嗎？來做偵探就對了。」

巫師當初跟他講的這句話，到底是說實話，還是引他上鉤的魚餌？到底他要不要去找出真相，還是別當一回事？

101

身為芝士過敏患者，柳漢華比一般人更注重飲食，幸好他沒有敏感到連嗅到芝士的味道都會感到不適的地步，那個才真的嚴重。

柳漢華以前在學校時受過「食物欺淩」，即使那時沒有這種說法。同學知道他不能吃芝士，就把聲稱是芝士粉的粉末撒倒進他的飯盒裡，然後一起發出夾雜強大惡意的笑聲。

不管是真是假，他都要把整個飯盒丟掉。雖然向老師報告，但老師只是警告同學不要欺負他，沒有向他們施罰。那幾個混蛋後來在廁所裡圍毆他。很多同學目睹經過，但沒人向他伸出援手。

他的整個小學時代因此沒有交到朋友。上到中學時，情況並無改善，但他發育後，肌肉結實了不少。任何欺負他的人，他都會向對方回敬拳頭，有次更以流血收場，訓導主任說他太暴力，要趕他出學校，反而集體欺凌他的同學只是被記小過。

幸好班主任維護他，說他成績不錯，說服訓導主任給他一年機會。幾個欺凌者吃過苦頭後，不敢再向他動手，從此他發奮圖強，成為全級前五的優等生，也因此被選拔加入風紀隊。

風紀隊中雲集了這間Band 1尾[2]學校的精英份子，他們看事情的眼光不是一般同學可比擬，自知日後的人生若要一帆風順，除了靠自身本領，還要靠人脈，只有互相幫助，才能由學校的精英份子順利過渡為社會的精英階層，因此非常團結。

他們聽說他被欺凌後，把那些欺凌者列為共同敵人，就算這些人安分守己，也會誣衊

2 Band 1尾：香港學校依據收生水平而被劃分的等級，以Band 1爲最高，Band 3爲最低。在柳漢華讀中學時，則分成五個等級。

他們不守規矩，要罰站十五分鐘至半個小時，或者栽贓他們的書包裡有香煙，甚至砌詞指控他們向低年級同學收保護費。

後者雖然沒有證據，但訓導主任相信風紀隊的話。學校對黑社會採取「零容忍」的態度，絕不姑息，就算家長求情也沒有用。

最後這些欺凌者不是被學校踢走，就是不堪麻煩，相繼退學。

柳漢華自問，把欺凌者趕到走投無路對不對？

當然對。

用這種手法有問題嗎？

當然沒有。

那是柳漢華人生第一次體會到權力帶給自己的好處和力量。

柳漢華起初以為風紀隊的成員只是單純為自己報仇，後來發現大家因為這種「維持紀律」的優良作風，獲得校方嘉許。

幾年後，他加入職場，回想中學時風紀隊做的，是另一種肅清異己的欺凌。職場上的欺凌只會比中學更多而不是更少。高層利用ＫＰＩ和架構重組等手段，名正言順地排除異己。很多人為了保住飯碗，敢怒不敢言。

不管在學校或職場，你不想被欺凌，就要成為欺凌者，沒有中立可言。

102

曹新一出獄後，除了父母以外，最念念不忘的，是醫科生萬豐年，但始終找不到。

最容易找的是樂律師，香港大律師公會官網的名冊上有他的名字、辦事處名稱和認許年份。

曹新一當年打電話去律師行說要聯絡他，祕書說樂律師已經離開香港移居外國，只是掛名在律師樓裡面保留大律師的資格。

曹新一不疑有詐，沒有再去追查樂律師的下落。

那時他好天真，留的是真名實姓。

現在輸入樂律師的名字，第一個搜尋結果是另一間律師樓的網站。他的個人簡介說他由大律師（barrister）轉為律師（solicitor），也就是從「訟務律師」轉為「事務律師」。

他打電話去律師樓，跟祕書約見樂律師，想向他諮詢處理遺囑的法律意見，不只用假名也用假姓。

103

對不起列祖列宗，他承認，不過，是父母拋棄他在先。

鄧偉住在土瓜灣，那座大廈樓齡八年，樓高六十層，雖然每層的面積不大，但他住的是最頂兩層打通的複式單位，一共一千二百平方呎（約三十二坪），獨居的話非常舒適。這單位在他名下，但他一毛錢也不用付。

香港人喜歡說「讓孩子贏在起跑線」，方法就是送他們參加興趣班和進名校，真是大笑話。真正的「贏在起跑線」，是下一代不必努力，也能一世無憂過上比同儕更好的人生，就像他登上瑞士阿爾卑斯山的少女峰峰頂，並不用徒手攀登，而是搭火車穿過隧道輕易上去。他全程睡著，直到登頂才被同學叫醒。

爺爺在六七暴動香港政局不穩時人棄我取，以低價大舉掃入不少物業，賺過甜頭後，一輩子都投資磚頭。

父親自小耳濡目染，中學畢業後沒上大學，跟隨爺爺學習物業買賣，有次和租客見面時看上他的貌美女兒，幾年後娶了她回家。接下來兩人的人生就是買賣物業和生兒育女。

鄧偉不知道父母到底有多少物業，父母連生了三個姊姊才有了他這個兒子，但沒有重男輕女的想法，比自己大十多年的大姊和姊夫是父母物業投資上的左右手。二姊和姊夫都從事會計工作。三姊是護士，獨身。父母跟二姊和三姊十多年前移居加拿大。大姊兩夫婦經歷二〇一四年的佔領行動後跟著走，遙控他幫忙處理香港的物業，也給他可觀的「手續費」，照顧他這個小弟弟。

雖然不知道父母在香港到底有多少物業，但只要不太揮霍，就算不上班，也可以輕輕鬆鬆以「食玩買瞓（睡覺）屌（做愛）」的方式過一輩子。

他上班並不是貪圖那幾萬塊錢的可憐薪水，而是讀取公司的資料庫，以及給父母和大姊留下良好的印象。

這個單位就是他父母送給他的二十一歲生日禮物，標榜高科技智慧家居，其中一個賣點是兩部智慧型升降機，裡面裝設各種感應器，能讀到住客身上的智慧型手機裡的住客紀錄，自動送住客到所居住的樓層，毋須按鈕。如果有宅配，住客也能利用手機ＡＰＰ遠距開啟大廈大門。

他家裡的智能家具多不勝數，但沒一個具殺傷力，最有可能的也許就是這升降機。

他特地去升降機公司的官網查看相關資料，「網路保安」四個字被放在很顯眼的位置。升降機裡的感應器能收集運作數據，並即時上傳到總公司的雲端。工程人員再透過手機ＡＰＰ瞭解升降機的各種數據。雲端電腦會透過「機器學習」、「大數據」和「演算法」等不同名目的技術，在機器故障前提出警告，並主動通知工程人員和大廈管理處。

用藍牙攻擊電動滑板不意外，要入侵智慧型升降機太專業，而且，升降機就算失控，也不會從六十樓掉下來，被困在裡面沒有性命危險。

不過即使是這樣，他仍決定馬上辭職，並暫時搬到其他地方住去避風頭；最起碼，不讓敵人找到自己。

他沒擔心他的狗，家傭會繼續默默照顧那隻「會活動的擺設」。

104

柳漢華夢見很多破碎的片段。被欺凌者丟芝士、和風紀隊的同學講大話砌詞陷害仇家、在公司裡利用職權排擠看不順眼的手下、被上司調到沒有前途的部門……

以前他覺得如果不想被欺凌，就要去欺凌其他人，不過，現實的情況是，你被一群人欺凌，同時欺凌另一群人。

他一整晚沒有關燈，以為天空仍然漆黑，可是把燈關上後，發現整座城市早就在白光裡醒來，只是燈光阻礙他看清窗外的情況。

六點了。

他挑這間三星級酒店的最大原因不是它正大特價，房價只是以前的三折，而是這裡沒有多少電腦化設備，沒有智慧型升降機，室內沒有物聯網裝備，電視機沒有鏡頭，房門旁邊沒有個智慧大鏡子告訴你今天的溫度。

房裡也沒有電腦可以控制房間的燈光、冷熱空調的溫度、浴室裡熱水的溫度，想調校必須自己動手。

除了電視機以外，沒有設備能被遙控。

房間裡唯一能連線的是他的筆電。

在高端消費者眼中，沒有高科技就沒有賣點，也就是落後，不合乎「高科技帶來人性化的便利」的原則。

去他的高科技。這些其他人眼中的缺點，現在在他眼中變成再好不過的優點。

這酒店還有一個優點，就是免費提供三餐（其實已計算在房價內），打電話去櫃台就可以下單，直接把餐點送到房間裡，不用另外找外送平台。

前天他登記入住時，他特別叮囑站櫃枱的女職員說：「我對芝士有食物過敏，請你們準備食物時要注意。」

那女人點頭，眼睛也沒有看他，「我會跟同事說。」

這種敷衍的態度和公務員非常類似，就是「意見接受，態度照舊」，其實他的工作態度也是如此，但在此時此刻非常要不得。

「如果我吃錯食物，就會死掉，這個責任你們酒店負得起嗎？」

他特別提高音量，引起另一名男職員的注意，對方走過來說：「我姓劉，是前廳部經理。我會把閣下的特別要求記錄在電腦系統裡，也會親自口頭通知負責閣下那層的同事和廚房，保證送到閣下面前的餐點可以放心食用。」

柳漢華這才滿意。

酒店本身有不少遊樂設施，但在疫情期間都沒有開放。不過，他不是來玩的。接下來幾天，他會一直留在房間裡進入自肅的狀態，愈少人知道他的藏身處愈安全。

他不是閒著，也不是無止境地在看電視劇。政府指示公務員「在家工作」，所以他一直忙於回覆電郵，和同事開視像（視訊）會議。

如果同事知道他住在酒店，一定羨慕不已。

但箇中苦況只有他自己最清楚。

105

即使曹新一換了另一副模樣，但樂律師一見到他，臉上的笑容還是瞬間凝固。

曹新一馬上明白，樂律師不是認人能力超強，而是知道他的容貌，甚至可能對他的近況瞭如指掌。

「好久沒見。」樂律師很快換過另一張面具。「要不要喝什麼？」沒等曹新一回答，又道：「等我去問祕書有什麼可以喝的。」

曹新一早就不是當年那個少不更事、只能聽任擺佈的青少年，而是有不少江湖經驗的私家偵探。他看穿樂律師這個突兀的反應和過度的熱情，只是在拖時間去思考怎樣應付自己。

「要不要喝什麼？」這句話並只不是字面的意思，就像他在偵探社裡對客人講時一樣。

曹新一沒有浪費時間白等，也沒有呆坐在座位上，而是打量這間辦公室裡的照片，特別是合照。

照片總會留下蛛絲馬跡。

這裡有樂律師和很多看來有一定社會地位的人的合照，有些是他認得容貌但說不出名字的名人。

樂律師在他們的領域裡，說不定也是名人。這些人拉幫結派，給彼此的臉上貼金。

可是，沒有一個人坐輪椅。

樂律師空手回來。「我叫祕書買下午茶……你怎會找到我？」

他的演技也許能騙過其他人，包括青少年曹新一，但逃不過私家偵探曹新一的法眼。

「我在街上見到你。」曹新一冷冷地道。

樂律師盯著曹新一的臉，「真的就是這樣？」語氣變回非常直接的那種，就像他在警局裡勸曹新一認罪時。

曹新一不想浪費時間和樂律師玩互相猜度的遊戲，反正樂律師喜歡直來直往。

「當年你叫我認罪，是受指示的嗎？」

「誰的指示？」

「萬豐年的父母。」

樂律師用力凝視他，像X光機般打量他。

「整件事比你說的還要複雜。如果你要知道真相的話，涉及的人不只我一個，我沒資格代表所有人去說。」

「真是漂亮的藉口。」

「不，人齊了就可以說。」

樂律師的桌子前有兩張座椅，他移開其中一張。

106

開完從下午一點到六點半的馬拉松會議，柳漢華就迫不及待地打開酒店厚厚的菜單。

傳聞這間酒店的食物製作精美，雖然免費供應的只限於中價位的炒粉麵飯，他又不能吃芝士，但仍然有很多選擇，夠他吃一個星期都不重覆。

如果去一間酒店三天後就要開始吃重複的食物，再美味的美食也會變得索然無味，就像年輕時跟很美的老婆結婚不到三年他就膩了，但傳宗接代的責任他無法擺脫，因此壓在她身上時，佔據他腦海的是年輕女同事的巧笑倩兮。

他餓著肚子打電話去點燴海鮮天使麵。

「這個食物裡面可能有芝士，不過，我會問廚師可不可以特別爲你把芝士去掉。」

客務部的女人聲線帶有磁性，像是個人生經驗豐富的中年女人，柳漢華忍不住想像她的模樣：黑色套裝、燙得很漂亮的頭髮、黑色高跟鞋、修長的大腿曲線、誘人的香水味。

剛把手探到胯下，突然靈光一閃。那個擔任系統分析師的年輕人母的姓氏突然從腦海裡浮出來：司徒。

不到二十歲就生孩子，一定非常淫蕩，性需要很旺盛，現在應該也一樣。

其他隊友不斷交換她女兒的情報，他卻很想和這位母親上床。如果來一客親子丼大小通吃也不錯，可是怕說出來被其他口無遮攔的隊友笑話，只好算了。

身為數據庫管理員，他把所有在聊天室裡被提過名字的女性都建立了檔案，數量逼近六千個。

姓司徒的不多，他很快就找到。

司徒美茵，姓從母親司徒素珊。

他要用力把司徒素珊丟到床上，就像把神志不清的女生丟到床上那樣，看著她頭髮亂掉衣衫不整的模樣。

他沒有跟組員說，其實他喜歡用藥。她們失去知覺，就能任他魚肉，被他拍下各種精彩的照片和影片。他在辦公室裡受夠了各種吵吵鬧鬧，在床上，他希望對方安靜，不反抗，不投訴，做一等良民。

也就是最完美的受害者。

這時響起敲門聲。

「晚餐送來了。」外頭的人喊道。

晚餐會放在門外的小茶几上，用塑膠蓋保溫。如果叫外送，就要自己去酒店門口取，既花時間又麻煩。

他早就跟老婆說，住酒店不會不方便。

107

半個小時後，巫師自己推著輪椅出現，沒有和樂律師打招呼。

曹新一看在眼裡，常見的朋友就是這樣直來直往。

雖然身處樂律師的辦公室，但巫師擺出來的架勢並不尋常，彷彿這裡是他的主場。

巫師的輪椅和曹新一保持兩公尺的距離，但曹新一嗅到巫師身上有股香薰味。

「萬豐年在被你發現後，很快就知道犯下大錯，並決定認罪。他的父親馬上找人幫兒子求情。然後，他找上樂律師和我，希望幫你脫罪。這是他們家獲得救贖的唯一方法。」

樂律師接口道：「就像我在警局裡和你講的，你的背景很難給裁判官好印象，我只能勸你認罪，結果你只需要坐幾個月牢。」

「只需要坐幾個月？」曹新一馬上反擊。「你老闆！不如你坐坐看。我揹了個一輩子洗不掉的案底，前途盡毀。」

「沒有辦法讓你脫罪，是我們的無能，我——」樂律師還沒說完，就被巫師打斷。

「你不要覺得自己真的是聖人。你駭進學校的網路裡，我可以接受，但你公開那女學生的私隱，並不是沒有錯。如果你要幫她，就讓她自己決定是不是要公開，而不是代表她去做決定。你公開她的私隱，有得到她的同意嗎？她不是你表現高超駭客技術的工具。」

曹新一答不上話來。巫師說中了他的心底話。

巫師繼續道：「樂律師和我都有一個共識：任何人做錯事，都應該獲得機會改過自新去貢獻社會。我們商量好，等你坐完牢，我在偵探社特別開一個職位給你。」

樂律師點頭。

「這個職位是萬豐年的家人出錢的嗎？」

曹新一問。他一直以為自己轉職為私家偵探是因為自己有這本領，沒想到是有人在幕後打點一切。

「他們提議過，但我一口回絕，因為我認為你能勝任，也一定能把事情做好。你欠的只是機會。六年來，你很清楚我的眼光從來沒有錯。」

曹新一想不到說什麼去反駁巫師，也無法判斷巫師是否撒謊欺騙自己。

「萬豐年後來怎樣？」他用平靜的語氣問。

「他父親把他送去外國，但沒有提供寬裕的金援讓他安心讀大學。他的成績雖然不錯，但沒有好到可以拿獎學金，要自己解決所有生活費和學費。雖然學費可以靠Grant

Loan（助學貸款），但生活費就不行。他這輩子從來沒試過自己賺錢養活自己，也不曾獨立生活，要花不短的時間去適應，偏偏唸醫科需要心無旁騖，不是他這種既要打工又要適應自立生活的人可以應付得來。他最後轉去較容易唸的商科，也唸了好多年。我不知道他的近況，但他有個Twitter帳號。」

樂律師把螢幕轉過來給大家看，曹新一終於見到那個害他坐牢的仆街冚家剷的近況。撇開頭像轉成黑白不說，以前那種養尊處優的公子味，已從他臉上消失殆盡，取而代之的是和他年齡不符的滄桑。

他的Twitter內容都是說自己的生活，但不是炫耀，除非連擔任外送員、在超級市場排隊、在公園發呆一個人吃麵包這些瑣碎事也算。

如果沒有騙人，外國的嚴苛生活讓那傢伙吃足苦頭。

他抱怨疫情對他和其他人生活的打擊。大家都無所適從，不只不快樂，連經濟都出現問題。他幫忙去送食物給獨居老人，但有時敲門沒人應，向警察求助，入屋後發現老人已死去多時。

「這些老人怎也沒想過會以這種方式離開世界。」他說得不無感慨。「這根本是一場沉默的大屠殺，很多老人只能無奈地等那一天來臨。」

曹新一發現萬豐年的世界不再只有自己，也有其他人，字典裡出現了「同理心」這個字眼。

「身為律師，我需要證據才能說話。目前我無法判斷他在這六年間變成一個怎樣的人，是變得更好，或者變成一個更懂得掩飾自己劣行的偽君子。」樂律師說。

巫師點頭。「如果你有空，也許可以偽造身份去英國找他，反正你和他一樣改了名字。我不認為他可以一眼就認出你，畢竟你們從來沒有見過對方，他連你的聲音也沒有聽過。」

曹新一咀嚼著巫師的話。如果不是網路，他和萬豐年的人生根本不可能有交集。他們本來就是生活在兩個世界裡的人，一個會投身網絡科技產業，一個會成為醫生，但最終兩人都失之交臂。

「你們以為我很閒嗎？」曹新一說。

巫師攤開雙手。

「人生是你的，時間也是你的。你有自由去做你想做的事，決定人生怎樣走。不過，我不希望你執著於尋仇。只要你有那種想法，壞種子就會開始發芽，佔據你的靈魂，毀掉你整個人生，但如果你堅持尋仇，我沒有辦法阻止。」

曹新一苦苦追尋萬豐年的下落好幾年，希望把他碎屍萬段，可是找到他的下落看到他的近況後，一切怨恨竟然都煙消雲散。

「算了，我還是把時間留給自己。」

巫師和樂律師交換眼神，交換無言的對話。

「你們鬆了一口氣吧？」曹新一問。

樂律師微微點頭，「當然，我不能再擔任你的辯護律師。」

曹新一忍著比中指的衝動，「我才不需要你這個不斷叫委託人認罪的辯護律師。」

巫師的目光不再銳利。「要找能和阿夢搭檔的人很不容易，我很難找人填補你的空缺。」

巫師一直對自己悉心栽培，說是再生父母也不為過，即使當天他和樂律師沒有把真相告訴自己，也微不足道。

「我可以不計較我自己的事，但陳德東怎樣在那個劏房裡死去，我一定要查下去。」

「那案件連我的線人也無法提供更多情報，我們沒足夠線索繼續查，別再浪費時間。」

曹新一不會告訴巫師，他已經找到新的方向。

「你身上怎會有香薰味？」

巫師舉起自己的手來聞。「剛剛和個女客戶見面，是她惹到我。」

第九章／「我要找出他被殺的真相」（2020）

108

雨連下了好幾天，有時是毛毛雨，有時是滂沱大雨。風大時，雨水敲打在窗上的聲響有如一陣清脆的打鼓聲。

不過，就算狂風暴雨，也無法阻止曹新一繼續調查陳德東的死因。

他自信距離找出凶手只差一步之遙，連趙韻之聽過他的分析後也認同，可見不是他過分樂觀。

曹新一凌晨兩點才倒在床上沉沉大睡，但聽到手機發出收到訊息的微弱聲音時就馬上睜開眼皮，伸手去抓手機看。

早上七點半，他只睡了五個多小時，像患上渴睡（嗜睡）症般還想繼續睡，但巫師傳來的新聞讓他馬上清醒過來。

在肺炎肆虐期間，任何一個在酒店死去的住客都會引起確診疑雲，也會引起媒體大肆報導，唯恐天下不亂。

但那則新聞裡的主角不是受感染而死。

曹新一看了死者的名字好幾遍，確定是柳漢華沒錯。

死因令他感到詫異。

回想起來，柳漢華第一次上偵探社時，就說自己有腸胃病，很多飲料不能喝，最後只喝了水。

死亡能夠以很多形式出現，也令人防不勝防。

「什麼事？」趙韻之仍然睡眼惺忪。

「惡夢。」他哄趙韻之回去睡。

Psycho的主題音樂突然響起，這是曹新一設定為巫師打來的電話鈴聲。幸好手機在手上，鈴聲響了一下就被他接聽。

他躡手躡腳地爬下床，連拖鞋也沒穿，走進洗手間裡關上門後和巫師通話。

「把你吵醒了？」巫師的聲音很清醒。天知道他幾點醒來？

「算是。」曹新一沒有掩飾，潛台詞是，我還想再睡一會。

「客户死掉的話，對我們的信譽很不好。要盡快查出來。」

指示清楚，沒有廢話，不容爭論。

巫師風格。

如果鄧偉也死掉，這案的委託人就全部歸西，案件就會自動完結。委託金袋袋平安，但只證明他們這間偵探社非常無能。

曹新一無法回去睡回籠覺。這天他可以睡的份額提早完成，也不知道晚上幾點可以回來倒頭大睡。

109

即使曹新一仍未完全清醒，但也嗅到空氣中有種雨後的清新味道。昨夜的大雨把街道清洗得非常乾淨，把所有黑暗和邋遢的東西都沖進污水渠裡。即使大街上殘存水漬，但整座城市像換了個新的靈魂，給人帶來希望。那當然是錯覺。

經濟學家說，肺炎下的世界經濟慘況超過大蕭條，甚至是二戰以來最差，尤其是和觀光有關的行業最受重創，不管是航空、酒店、旅行社和紀念品店，面對的根本是大屠殺。反過來，物流業、外賣業和網店生意興旺，但不及航運業，由香港運往英國的一個貨櫃，價格比去年同期升了近五倍。

富多來是三星級酒店，門可羅雀，本來在大門外幫客人提行李的員工變成手持探熱槍（額溫槍）的門神，對所有進去的人射額頭。

換了在以前，這種涉及人命的新聞會像腐肉吸引蒼蠅般引來一群記者糾纏下去不願離開，希望從不滿管理層的員工口中套到內幕消息，但在疫情的風頭火勢下，記者連來採訪也不願意，只是打電話訪問。

阿夢在酒店門口外等他，戴著假髮，收起來的頭髮肯定亂七八糟。

兩人直接去冷冷清清的前廳。這裡沒有客人，只有職員，像忠心耿耿的守墓人。

阿夢上前表明是受柳漢華家人委託的私家偵探要瞭解案發經過。平日表露身份，會被人問東問西，可是現在住客死掉，酒店理虧。前廳員工不用他們講第二遍，就把他們帶到樓上咖啡室裡面一張靠窗的桌子，問他們要喝什麼飲料，由酒店招待。

阿夢說只需要清水，曹新一要黑咖啡來提神。

十分鐘後，一個國字臉的中年男人出現，自稱姓馬，是前廳部經理。他的口罩與別人不同，不是常見的外科口罩，而是印上酒店集團標誌的黑色口罩。

「我們對柳先生的不幸遭遇深表遺憾，請向他的家人轉達我們的深切慰問。」馬經理道，眼神充滿哀傷。

曹新一一向討厭「深切慰問」這種說法，慰問有深切和不深切之分嗎?

阿夢抽出iPad，上面的截圖是酒店電腦系統裡柳漢華的入住紀錄，註明客人有食物過敏，要特別留意他的飲食需要。

馬經理一時反應不過來。「你們怎會拿到？」

「你們做錯了事，當然有人會看不過眼要吹哨。」阿夢說得正義凜然。

這酒店用的是連鎖酒店常用的某個房務管理系統，是十多年前的產物，雖然持續更新，但只是添加功能，不少保全漏洞一直沒有填補。曹新一每年都會因工作需要駭進去兩、三次。那截圖是他今早的傑作。

「你們也看到，柳先生check in時通知我們說他食物過敏。」馬經理平靜地說：「我們也不敢怠慢，馬上在電腦裡做紀錄。」

曹新一看出對方在調整回應他們的策略。

「那怎會出事？」

「昨天晚上我們碰到複雜的狀況。柳先生在傍晚六點半左右訂了一客燴海鮮天使麵。你別看我們酒店大堂冷清，其實住客不少，都是來staycation，但我們的廚房應付不來，於是採取一貫做法，向對面馬路的鴻記茶餐廳下單，當成我們自家餐廳出品。這個客人下的單，我們當然會特別說明不能加入會令他過敏的食材。」

「所以你們要把問題推到茶餐廳那邊嗎？」阿夢不客氣地問。

「不，情況更複雜。說出來難以置信。我們向鴻記下單大概十分鐘後，有人把外帶送來前廳。可惜當時沒有留意到這個不尋常的『快』。廚房同事直接把天使麵倒在碟子上送上房間。」

不用馬經理說下去，曹新一就猜到這是「中間人攻擊」（Man-in-the-middle attack，縮寫：MITM）的真人版。在網路上，駭客偽裝成網店的登入頁面，向目標騙取資料登入名稱和密碼，甚至騙取信用卡號碼（卡號）、有效期和三位數驗證碼，然後自己刷卡消費，或者賣給第三方，通常是非法資料販子（data broker）。

不同的是，這次駭客不是盜竊資料，而是提供讓柳漢華食物過敏的食物。

「芝士不會沒有香味，但只要放久了，香味就會散去，即使再加熱也一樣。」馬經理繼續道：「二十分鐘後，鴻記的伙記把我們下單的外帶送來，我的同事才發現不尋常。我趕緊親自去敲客人的房門，但他沒有反應。我和同事打開門，發現他已經倒在地上，呼吸得很辛苦。我受過急救訓練，知道有時食物過敏發作會引起呼吸困難，患者往往會帶救命針在身，只要一針打下去就會緩解，但是這個客人的行李都鎖得很緊，無法打開。我們只好打電話去醫院，但在救護車來之前他就斷氣了。」

「送外帶來的是什麼人？」阿夢問。

「我們沒見過那女人，她戴上鴨舌帽、眼鏡和口罩，穿上雨衣，打著便利商店的雨傘，手上有個很大的保溫袋。鴻記忙於做外賣訂單，有兼職員工很平常，我們也不以為意，沒想到會遭暗算。」

「你說那是女人？」阿夢提高警覺。

馬經理點頭。

「雖然戴上口罩，看不清楚，但聲音騙不了人。同事說應該在三十歲到四十歲之間，以女性來說身材算高，有一六八以上，微胖。我們問過鴻記，他們說最年輕的女員工也是五十歲開外，也沒有人戴帽子。」

阿夢向他索取閉路電視的紀錄來看。

「那條片現在鎖起來，我看不到。管理層可能稍後會釋出，但不知道什麼時候。」

110

曹新一在富多來酒店門口往對面鴻記茶餐廳的門口看，早上十點就有一堆人在等外帶，生意實在不錯。

能夠獲得酒店垂青——即使只是三星——又能騙過住客，鴻記的水準應該很不錯。巫師不是行動組，不喜歡到處跑，今天早上他被巫師吵醒，沒吃早餐就趕來，現在只好叫阿夢一起過去補充營養，反正出問題的食物並不是他們做的。

兩人下單一分鐘後，早餐就送到。阿夢的是火腿蛋奄列加牛油多士加火腿通粉（火腿蛋歐姆蛋加牛油吐司加火腿通心粉）。曹新一的是炸魚雙蛋加牛油多士和火腿通粉（炸魚雙蛋加牛油吐司加火腿通心粉）。外觀毫無特色。吃起來也和其他茶餐廳的味道一樣平平無奇。

「這種所謂酒店等級的食物水準，」他壓低聲音道。「只比我自己做的稍好一點。」

阿夢聳聳肩，表示沒有意見。「應該是午餐和晚餐才能見真章。改天我來試試看。」

「妳一定要試那個燴海鮮天使麵。」

阿夢向他比中指，毫不客氣。

「剛才送外賣的女人，應該就是殺掉這麼多人的幕後黑手。」

「怎看得出來？」

「不然的話，為什麼要用這麼曲折的手法殺人？因為不必和男人埋身肉搏呀！」

「一個很懂物聯網的女人幹掉五個男人!?」曹新一從來沒想過主謀是女人。

「這只是我的初步看法，也拿不出證據。」

「如果屬實，這個案件背後發生的事，可能是我們從來沒有想過的。」

「這兩個客戶有事情騙我們。那女人可能是尋仇。」

曹新一覺得這個可能性很大。「如果她能查出柳漢華的底細，應該也能查到他的喜好，對哪些食物過敏，但怎知道他今天吃燴海鮮天使麵？」

「她知道他的飲食喜好，提早準備好幾個有芝士的飯盒，放進保溫袋裡，如果他下單的是其中一個，就送上去頂替。」

「沒錯，但怎會知道這間酒店把餐點外包給茶餐廳？」

「這情況在酒店業裡很常見。我在酒店臥底過，所以很清楚。酒店外包的茶餐廳通常只需要一般的食物品質，但衛生條件要很好，不能讓住客食物中毒。以前有個天王巨星在中環某五星級酒店的咖啡室突然向侍應說想吃雲吞麵。雲吞麵這種食物，那年頭的酒店中菜部不屑去做。酒店秉持顧客至上的can-do attitude，向一間口碑不錯的粥麵店求助，找人搭計程車火速過去買外帶回去，再倒進有酒店標誌的漂亮大碗裡，連加熱也省下。酒店收的當然不只成本價和交通費，還包括五星級酒店服務的費用。那個天王巨星後來到處跟朋友大讚那間酒店的雲吞麵好吃，結果有一段時間，他的朋友和一大堆粉絲搶著去酒店咖啡廳吃雲吞麵，當然，也希望見到他本人。」

「那位天王巨星是誰？」

「知道故事就不能知道人名。規矩。」阿夢一旦下決心保密，就算被槍指著頭也不會說，寧願從容就義。

她放在桌子上的手機突然發出一下震動，她很快瞄了畫面又把手機放下。

「巫師？」曹新一問。

阿夢點頭，「又要我回去，不知有什麼好差事給我。」

曹新看手機，期待巫師給他訊息，但沒有。滑臉書時，發現一條影片突然爆紅，底下不管按讚數、分享數和留言數都非常驚人。

原來富多來已在官網釋出監視器影片。

那個女刺客把全身包得密不透風，臉上只露出一雙眼睛，做的事就和馬經理描述的一樣，看來就是一個正常的茶餐廳伙記。

底下很多網友留言說整段影片是酒店自編自導自演，把問題甩鍋。曹新一欣賞陰謀論者的懷疑精神，但有些陰謀論未免把事情看得過分簡單。

「以那個女人的身形估計，她可能有七十公斤。」阿夢說。「但她走路的速度很快，不像是一個胖女人的動作。」

「會不會是塞了填充物以混淆視聽？」

「應該是了。我愈來愈覺得，這一連串的案件，全部都是這個女人獨自完成。她就算不是單人匹馬，也沒有多少幫手，否則可以同一時間動手殺掉這幾個人，而不是一個個慢慢來。」

111

鄧偉在手機上看到柳漢華身亡的新聞時，嚇到幾乎從馬桶上跌下去。

柳漢華沒告訴他說自己搬去酒店住，這不奇怪，他們在網路上只是基於同一個目的而走在一塊，從來不是推心置腹的朋友。要不是出了大問題，本來連最基本的背景資料也不需要知道，更別說出來見面。

在他們這個七人小組裡，失蹤或死亡的已經有五個，只剩下他和藝術大師仍然在世。

想來藝術大師是最聰明的，沒加入他們去找私家偵探，沒有曝露自己的身份，目前可能是最安全的一個。

也有可能，說不定那個殺手已經幹掉他，只是自己一無所知。

追根究柢，就是偵探社的人沒有做好工作。

他要把那些混蛋罵得狗血淋頭，但這個動作和感受是無法用電話或視訊取代的，只好再上一次偵探社。

雖然只有他一個人，但他會罵雙倍的份量。

他打電話給巫師，不到三秒就接聽。

「我正想打電話給你。」巫師用平淡的語氣道。

「你有好消息給我？」

「你明天有空上來偵探社嗎？我到時告訴你。」

112

單位的大門後面傳出嬰兒哭聲，並在電梯大堂裡形成回音。

這裡一層有六個單位，每個約六百多呎（約十七坪）。堂堂月入超過十萬的公務員和家人屈居在這種小地方，在香港這個大城市並不稀奇，只是尋常不過。

哭聲來自曹新一按門鈴的門後。

柳漢華的太太一身素黑，沒化妝，頭髮沒梳好，站在門外和他們這兩個自稱是「朋友」的人交談。

他們拒絕進去她家，不是因為裡面傳出孩子的哭聲和其他親友安慰孩子的聲音，而是保持界線。

只要進去，就是跨過界線，他們就真的變成「朋友」。

無助的人很樂意開口，不只尋求協助，也希望得到安慰。

「那間酒店到現在也沒聯絡我，連一句慰問都沒有。」柳太太很憤憤不平。

阿夢不只能扮演路人甲，必要時也能演好聆聽者的角色，但酒店和喪家之間的紛爭，就輪不到他們去管。

「華哥怎會想去那間酒店？」阿夢問。把一個陌生人叫得稱兄道弟，這種大話她可以講得非常自然。

「他想去很久了。他從去年開始收到那間酒店郵寄過來的廣告，說他們晚上的自助餐很棒，每個房間都有一戶大窗。他一直說有機會的話，我們要一家人去玩。」

阿夢和曹新一交換眼神。那個凶手早就盯上他，一直用心理暗示的方式，潛移默化催眠他去這間酒店。最慘的是，他連自己被洗腦都不知道。

那個凶手未免太厲害了。

「你們別走，等一下。我昨天下午收到我先生的短訊。」柳太拿出手機給他們看。

「不好意思，我因爲欠下貴利（高利貸），只能用自己的方法解決問題。希望我的問題就此結束，妳和孩子就好好活下去。不要去調查我的事。」

曹新一望了阿夢一眼。「他有欠債？」

「開玩笑！我們家有幾百萬存款，算是比上不足，比下有餘。他一定是惹上不知什麼仇家，希望我們不要去查。你們是他的朋友。可不可以幫我一個忙，替他主持公道，找出是誰把他逼上絕路？」

曹新一認為那個短訊是假冒的，「警方會查出來。」

「警察好忙。你認不認識私家偵探？不管花多少錢我也在所不惜。」

阿夢雖然是私家偵探，但這時萬萬不能自曝身份。

「他叫妳不要查，是為妳好。」

「不。我一定要找出真相，不能讓他死得不明不白。不只為我，也為我的孩子。」柳太目光如炬。「如果小孩以為父親是做了壞事或錯事而自殺，會一輩子抬不起頭來。」

曹新一見阿夢沒答話，他也只好保持沉默。事情應該不像妳所知的那麼簡單。妳知道妳丈夫做過什麼不能見光的事嗎？

「如果他是被人幹掉，我更加要找出真相，為他報仇。」柳太說得咬牙切齒，語氣激昂。

「報仇」兩個字，可以讓一個新寡的家庭主婦失去理智，讓一個小孩子一輩子揹上沒有意義的重擔，失去追尋人生的自由。

曹新一不禁擔心這孤兒寡婦的人生會走歪。

113

這是鄧偉第三次上偵探社，卻是第一次單人匹馬，和第一次感到既憤怒又恐懼。以前是二對二，現在是一對二。

就算以一敵二，他也不會對他們客氣，要把他們罵到死去活來。

「抱歉，我們還沒幫上忙，柳先生就離開了。」巫師語氣平和，頓了一頓再說：「本社要和你解除委託合約。」

鄧偉一時反應不過來。他只是想催促對方盡快找到真相，而不是解約。

「你們怎可以這樣？最起碼要去查出是誰幹掉柳先生吧！他也是委託人。」

鄧偉說得激動，但巫師和他的副手維持著撲克臉。

「我們的合約其中一個條款說明，『如果委託人身故，本社合約得以即時終止』。你要不要用手機找我發給你們的合約電子檔來看？」

鄧偉沒去查，巫師敢這樣說，就不會騙他。

「可是我還活著，合約怎可以說解就解？」

「合約還有另一個條款：『如果本社認為執行此合約期間風險提升到本社無法承受的地步，本社得以取消合約，並退回餘下委約金』。」

「我有錢。你們要多少都可以。」

「這案件死了人，我們一天賺你幾千塊錢為你賣命，是賠本生意。如果你要找私人保鑣，我們可以介紹，費用至少五千塊錢一天，可以幫你擋刀擋子彈，也許更加切合你的需要。」

「那根本是打劫！」

鄧偉幾乎是吼出來。就算他手頭鬆動，但也負擔不了這麼龐大的保護費。

他用力拍桌子，把心裡的鬱悶和憤怒全部爆發出來。「我受夠你們這間寒酸的偵探社。除了我們以外，根本沒其他人上來。要不是我們給你們生意，你們早就倒了。實在可笑當初我們會找你們這間偵探社！你這個死跛佬坐輪椅怎能勝任偵探？用傷殘人士的身份接近目標希望對方不會起疑嗎？還有你——」

他指著姓曹的開炮。「應該是讀書不成又無一技之長才做跑腿的工作吧！看你樣衰個仆街樣，一定是死監躉。」

姓曹的想站起來，但被巫師按著。

「我們就是一間小型的私家偵探社，現在人手就只有他和我。」巫師模仿鄧偉的口吻。「就像你看到的，生意淡薄，隨時會倒閉，但我們有自己的工作態度，也惹不起這種等級的麻煩。明天本來就是我們說好的委託期最後一天。連同今天一共兩天，我會退回其中一半委約金給你，另一半會直接退回柳先生的銀行帳戶，不會多拿。如果你去找其他偵探社，他們一定會問你有沒有找過行家。我們行家之間會互通消息。如果他們發現你講大話，也會馬上終止合約。祝你好運！」

114

曹新一沒有送鄧偉出去，那傢伙氣沖沖頭也不回地離開。

會議室沒有煙味，卻殘留硝煙的味道。

巫師和他對望，看來一點也不失落，這早在曹新一意料之中。巫師從一開始就只是想撈調查費，找不找到真相並不是重點。柳漢華的死讓他找到解約的理由。

「就這樣結束？我正在調查陳德東的死因，很快就會有結果。」曹新一剛才一直不作聲，現在終於忍不住。

巫師推著輪椅離開會客室。

「我剛才說得很清楚，這不是我們可以吃得下的案件。你有心理準備變成我這樣子嗎？私家偵探只是服務供應商，屬於一買一賣的生意，不要把自己神化，把所有責任都揹到自己身上。你沒有義務去伸張不必要的正義，不要以為自己是聖人或超級英雄。以你的收入，要不吃不喝存二十年才夠在香港買房子，你說你多卑微。」

「我知道。」

「好好休息一陣，等有適合的案件上門時再出動。明白嗎？未來三天我會照發薪水給你，不用擔心。」

曹新一點頭，沒有反駁，不是所有事情都需要說得一清二楚，就像淩友風在獄中教他的：「別把想法告訴別人。」

曹新一很清楚自己是個窮撚（窮光蛋）。他以前住過劏房，所以任何一個死在劏房裡的命案，都會引起他強烈共鳴，也很難抽離。

唯一自我救贖的方法，就是找出真相。

不只是找出誰幹掉陳德東，還要找出是不是同一個女人幹掉他和柳漢華，以及其他人。

如果是的話，一個女人為什麼要花這麼大的力氣把他們逐一殺掉？

第十章／黃緣步行蟲（2020）

115

鄧偉懷著怒氣離開偵探社。

他不會簽什麼解約協議書。

要不是有那個姓曹的傢伙在，他會對坐輪椅的死殘廢飽以老拳。偵探社根本是詐騙集團。柳漢華還說他們信得過，結果不到十天就一命歸西。

不管死神下個要找上誰，但出手很快，也無孔不入，柳漢華就算躲在酒店也逃不了。

不能去劏房或賓館，一等良民用性命證實那不安全。

不要隨便搭車，朝霧用性命證實那不安全。

鄧偉他們家族在香港雖然擁有十多個物業，但沒有一個安全。

大概只有國外才安全，但各國封關，無處可逃。

這個世界所有能夠連線的東西都他媽的不安全。你以為絕對客觀的電腦和網路其實並不客觀。你不知道控制演算法的是誰？有沒有動過手腳針對你？送你回家的車是不是送你上黃泉？

更可怕的是，你所有資料都在網路上，就算你建立了另一個身份，或者擁有十萬個分身，都有可能被演算法找出來，因為就算你戴上口罩，你在鍵盤上敲字的速度、常用的詞彙、被監視器拍下的上下樓梯和過馬路的步姿，都會出賣你的身份。

他父母和三個姊姊都相繼離開了香港，就算在也不能向他們求救。他們一定會要他說出全部真相，不但幫不上忙，還會把他罵得狗血淋頭。

「有冇搞錯？做埋哂啲咁嘅嘢，你係咪人嚟㗎？」（有沒有搞錯？做這種事情，你是不是人？）

他聽朋友說，幾年前有個姓萬的醫科生惹上官非，家人花了很大力氣把事件擺平，後來那人離開了香港，再也沒有他的消息，說不定已經改頭換面回到香港。

他羨慕有這樣的父母，不只包容子女過錯，還替子女收拾爛攤子。

他有很多朋友，但不能大搖大擺去找他們。萬一那個殺手循朋友圈找人，很快就會找到自己，和用google搜尋名字一樣快。

雖然群組裡的成員都逐一死去，但鄧偉不會向死神投降。

他每走一段路就回過頭去看，確定沒有被人跟蹤後，到ＡＴＭ提了三萬塊錢，用盡自己的提款額，再去深水埗買了一部新手機和不用登記個人資料的ＳＩＭ卡，最後去地鐵站買一張新的八達通。

你們愈想殺掉我，我愈會想辦法活下去。

他搭地鐵去東涌，在UNIQLO買最新款的運動服、運動鞋和帽子。這都不是他平日的打扮。

換了新裝後，他去QB HOUSE把頭髮全部剃光，再去眼鏡店配隱形眼鏡，給自己改頭換面，連他也認不出自己來，同時一直留意有沒有被人跟蹤。

他乘地鐵開東涌，從一條線換到另一條線，在地鐵範圍裡遊盪了五個多小時，超過規定的一百五十分鐘，屬逾時出閘，被罰款六十二．五元。

他不知道有這規定，但這種小錢他並不在意。

最重要的是，他發了一個重要訊息。

「Michael，我是Will，我遇到麻煩。」

Michael比他大三歲，兩家是世交，背景很相似。上一代都靠投資物業賺到盆滿砵滿。去吃飯時不用煩惱價錢，不用講「豐儉由人」那種窮鬼自我安慰的屁話。父親說，只要他們家的人沒有染上吸毒、賭博和包養女人這三種惡習，就可以三代人不愁吃穿。

兩家人都不知道自己的口袋有多深，所以難以評估誰家比較有錢。

Michael不是常和他一起玩，但他最信任的人一定是Michael。Michael做事非常沉穩，不會把他的事情告訴給其他人。

而且，說到人脈，鄧偉遠遠比不上做生意的Michael。他什麼人都認識一點，說不定能幫到自己。

116

那天司徒素珊把飯盒交給酒店人員後，就頭也不回地搭地鐵離開。

很多罪犯由於離開犯罪現場時是搭計程車，就算車裡沒有行車記錄器，也可能被司機記下容貌，所以地鐵是最安全的交通工具。

她在車廂裡脫下外套塞進紙袋，在太子站轉車時把紙袋丟到月台的垃圾桶裡，再前往另一個月台搭車回香港島。

她不是直接在炮台山站出閘，而是在銅鑼灣，再步行兩個地鐵站的距離回家。

她不確定自己身上是拖著四條還是五條人命。只要幹掉第一個，接下來的數字是多是少沒有意義。

連環殺手也是這樣想嗎？

不，她不是連環殺手，只是這個城市的清理師。她不是隨機殺人，而是有目標。

她不但不能傷及無辜，還要保護無辜者。

回到家洗完澡，電視新聞以跑馬燈的方式說「富多來酒店有住客倒斃，初步懷疑是食物中毒」。那則新聞很快就一閃而過，淹沒在疫情新聞裡。

疫情是千載難逢適合謀殺的最佳時機。不論是警察、醫護還是殯儀業人員，全部都忙個不停，疲於奔命，沒有時間去調查和處理，就連一般人也忙於應付疫情，窮於解決自身的生存狀況，不管在經濟上還是心理上。

只差兩個人，她就功德圓滿。

可是，藝術大師的身份她毫無頭緒。她不得不相信麗貝卡的推理，這個人並不存在，只是那個群組裡有人分飾兩角。這種事情在網路世界裡本來就平常得很。

其實鄧偉也不容易對付。

從兩天前開始，他就沒有回家，估計也辭掉工作，不知躲在什麼地方。

一個曾經利用網路去對付女性的男人，如今居然要像老鼠般藏匿在不見天日的溝渠裡。如果不是現在肺炎肆虐，各國封關，說不定他已經逃到其他國家。

鄧偉從出生以來就養尊處優，別說不可能習慣長期躲藏的生活，也沒有獨立生活的技能。她只需要耐心等待他浮出水面。

117

這間四星級酒店套房是Michael訂的，是他和其他朋友以前玩女人的口袋酒店之一，大家碰到都不會打招呼，所以鄧偉從來沒把獵物帶來過，以免被發現。他做的事情比玩女人更嚴重。

Michael背窗而坐，沒有拉開窗簾。他們家的人常把笑容掛在臉上，展現他們不只生活在幸福的家庭裡，也有成功的事業，像廣告一樣希望吸引其他人，一起創造成功的人生。

不過，他從聽鄧偉講的話開始，就把臉上的笑容抹乾淨，邊聽邊搖頭，坐立難安，最後從冰箱裡拿出啤酒來喝。

「你這種情況我連想也沒想過。你知道我父親喜歡出去玩，也有很多女人會投懷送抱，但他從來沒理會那些飛來蜢（指「自動送上門來的女人」），只通過『金夫人』找女人，我也找過她。她稱那些女孩作小妹妹。她們受過訓練，非常專業，是凱格爾運動（Kegel exercise）高手，也可以和你玩一遍江戶四十八手，但最重要的是專業操守，不會大嘴巴，不會勾引人夫，不會愛上客人，也不會被客人愛上。如果你喜歡小妹妹，就付小費，她們不用和金夫人對分。就算這些小妹妹在床上用雙腿夾緊你說愛你和一大堆讚美你的話，下床後就會叫你回家，婉轉地提醒你這是單純的一買一賣關係，兩個人在房間裡做的所有事情都是戲，是演戲，也是遊戲。我父親不管在外面怎玩，也不會破壞自己的家庭和諧，假期一定和家人吃飯，尊重我母親，給她錢做生意，把她父母照顧得無微不至，付錢讓老人住頭等病房，人走後就風光大葬。我母親不會不知道他在外面玩，但沒有什麼好抱怨的。我父親只是沒管好小弟弟，不會抱個小弟弟回家。」

鄧偉不是沒聽過金夫人的名號，但沒見過她本人。她是那個行業裡的頂級經紀，她的傳說三天三夜也講不完，她早就不用出席不同場合去刷存在感或找生意，可以大牌到挑選客人，連Michael也沒見過她。江湖傳聞她旗下的小姐漂亮得可以令選美冠軍黯然失色，但不提供單次服務，要玩的話就要包養半年，七位數字起跳。

鄧偉不會看不起這些賣身的小妹妹，他連包養她們的本錢也沒有。

他覺得金夫人最大的本事，就是懂得包裝和摸清男人心理。男人愈無法得到一個女人的心，反而愈迷戀而難以自拔。

Michael喝完一瓶啤酒，再從冰箱拿了兩瓶出來，其中一瓶遞給鄧偉。鄧偉接過後，兩人碰杯。

「我父親能這樣玩而不出事，最大理由，是他尊重制度，包括中介制度和婚姻制度。你只要遵守就不會給自己帶來麻煩。健全的制度是我們社會穩定發展的基石，只要大家尊重，全部人都能拿到好處，所以遊戲可以一直玩下去。」

鄧偉想叫Michael趕快進入正題，但不敢作聲，只好點頭。

「在資本主義的制度裡，所有貨物和服務，甚至每個人身上都有一個價錢牌。如果你付的錢高過那個價碼，就大家happy。如果不願付錢，就會產生很大的問題。」Michael把酒放在茶几的雲石面上，空瓶發出清脆的聲音。「香港是自由社會，但你們做的事，等於破壞一個運作良好的制度。」

鄧偉失去聽廢話的耐性，那種沒有營養的話只對入世未深的人才有效。

「你有辦法把找我麻煩的混蛋找出來嗎？」

「你不就找過私家偵探嗎？」Michael反問。

「那根本是騙局。我要找真的有能力的人幫忙。」

「黑社會嗎？」

「對。」

「Will，」Michael和他那個階層的人一直都是用英文名相稱，就算父親對兒女也一樣。「黑社會不是這樣用的。你可以把你面對的所有問題老實地告訴你的辯護律師，因為他們有專業操守，領錢辦事，不會勒索你，但黑社會相反，他們不講道德和義氣，只講利益。如果只是單純下指示殺人，那反而最容易處理，但你要去找人，而那人和你的痛腳有關，這就是另一回事。」

「我不懂。」

「意思就是說，黑社會替你辦理完事情，就可能會反過來勒索你。就算你只說出事情的一部份，他們也會努力去挖出全部，因為這是他們的營生之道。不知多少天真的有錢人就是這樣被黑社會反過來勒索，要付十倍以上的費用去解決，甚至，欠下還不掉的人情債，這個最可怕。以前有個名媛聯絡一個有黑社會背景的朋友，要找出她母親生前說的失聯親戚。結果朋友不但找出那個年輕人，還發現對方是名媛二十歲前生下的私生子。這事如果被揭發，不只會被丈夫要求離婚，還會被逐出上流社會，結──」

「那女人的事我不管。」鄧偉終於打斷Michael的連篇廢話。「我寧願欠錢欠人情債，也不想沒命。」

「是你說的，你要記得。」Michael推開相連房之間的房中門，進去後把門關上。

鄧偉把所有希望都寄託在Michael身上，只要那道門再打開，他就可以見到曙光。

118

從WFH開始盛行，超級市場裡就多了不少男人，有些像迷路的白老鼠，會對著貨架發呆。幸運的會和太太交換訊息或者和太太通視像，由太太遙控。

除了米和廁紙限買外，很多食物都漲價，特別是耐放的罐頭。各國之間的交通運輸不便，運費大幅提高，並幾乎全數轉嫁到消費者身上。疫情前一罐九塊錢的罐頭湯，現在賣十五塊錢。

司徒素珊雖然沒有收入，但不追求名牌，衣服和鞋子都穿很久，支出不大，不怕食物漲價。可是基層家庭如何是好？或者經濟支柱被裁卻有一大堆帳單要應付的家庭怎算？難怪有些人彎腰看清楚價錢牌後就站直身子，或者拿起罐頭猶豫了一陣後放回去。

看見超級市場裡無人問津的鮮花時，她才想到自己突然變回單身狀態，說不定可以裝成未生過孩子的女性般去結識異性。

這個情節非常黑色幽默，不，美茵一定會贊成。

「司徒女士？」陌生的女聲從後方傳來。

她回過頭，認不出藍色口罩上的那雙眼睛，但那個燙得很漂亮整齊的頭髮很令人難忘。

一年多、差不多兩年沒見，再見時大家都戴著口罩。司徒素珊從來沒有期待和這個她不喜歡的女人再見，也不想和她相認。

「妳是誰？」

「我是互助組的宋小姐。」

司徒素珊假裝頓然醒悟。「我戴上口罩，妳怎會認出我來？」

「像妳這麼高的女人，辨識度都很高……」

司徒素珊有時會討厭自己的身高，即使混在一堆男人中間，她也無可避免地很顯眼，不管是年輕時或者到現在，一舉一動都很容易引起注意，害她從小至今都不敢犯錯，做事非常小心。

「好久沒見了。」宋小姐繼續說。「我來探朋友，順便來買東西。妳近來好嗎？」

「還不錯。」

「妳女兒的事，不知道妳放下了嗎？」

放不放下關妳屁事？妳們那個組織只是叫人放下，什麼也做不了。

那個不歡而散的晚上，仍然歷歷在目。

「我現在很忙，沒時間去想其他事情。」

「可以忙，很好呀！」宋小姐的面部肌肉拉出笑意。「附近有好吃的餐廳可以介紹嗎？」

司徒素珊的腦中響起警號。這話說得委婉，但其實是「可以陪我一起去吃飯嗎？」的意思。

她裝作聽不明白，同時發現一個矮小的女人似乎故意站在她們附近偷聽。

「超市旁邊的森記港式餐廳，他們的豉油西餐[3]遠近馳名，是著名的街坊餐廳，我從小吃到大。」

「好呀！要不要一起去？」她果然向自己發出邀約。

「我約了朋友，差不多要走了。得閒飲茶。」

「得閒飲茶」字面意思是「找個時間再見面再敍舊」，但同時也是香港人用來敷衍打發對方的應酬話。

宋小姐沒有死纏爛打。司徒素珊討厭她的程度就像看到地上一坨大便。妳不會想踩上去，只會避得老遠。

司徒素珊離開超市後不是直接回家，而是搭巴士離開，確定宋小姐和那個矮女人沒有跟在後面才打道回府。

宋小姐是剛好出現，或者特地來找自己？

那女人也許有辦法找到她的住址，但腦筋再好，也不可能把那幾個人的死亡和自己聯想在一起。

司徒素珊之前說過自己正在找工作，誰會懷疑她這個貌似手無縛雞之力的中年失業婦女會向男人尋仇？

就算說出來，不但沒有人會相信，反而會恥笑她不自量力。

謝謝大家看不起我。

我會努力給大家帶來驚喜。

119

「我剛問了朋友。」Michael打開房中門出來後馬上說：「放心，他們不知道你的名字，也不認為你做的事有問題，他們最怕沒有問題，否則就沒人付錢找他們解決，可是連他們也覺得你這問題很難搞。」

3 豉油西餐：平民化西餐，口味迎合香港人口味。

鄧偉從來不相信世上有錢解決不了的問題。所有問題都是價錢問題，所有討論都是討價還價。

「他們要多少錢？我付得起。」

「Will，這不是錢的問題。沒人知道你惹到誰。黑社會最怕的不是警察，而是這些心理狀況不穩定的人，就像蝙蝠俠的死對頭小丑那樣。這種人不談錢，不談道義，不談長遠利益，不受控制，不顧後果。沒人知道他們會做出什麼大事。沒有一個黑幫會給自己找麻煩。」

如果連門路多的Michael和窮凶極惡的黑社會也幫不上忙，就沒有人可以幫上忙。鄧偉開始意識到自己惹上多大麻煩。

「我下一步可以怎麼做？」

「離開香港。」

「現在所有國家都封關，我哪裡也去不了。」

「還有一個地方算安全，你隨時可以進去，但你未必想去。」

「哪裡？」

「監獄。雖然會留案底也會失去自由，但你會活下來。」

鄧偉受不了Michael開這種玩笑，但無法發作。

「我不是開玩笑，」Michael又道：「那個朋友很認真地告訴我，不要去便利店偷便宜的東西，要去Apple Store偷最新款的iPhone，而且打保安，至少一拳，不要打手，要打臉或胸口，最後一定會坐牢。他很多兄弟都是這樣避鋒頭。」

鄧偉搖頭，那太過了，只會令他萬劫不復。他還沒有辦妥移民手續，不會給自己留案底。

「那個叫巫師的偵探，你可以找人教訓嗎？」

「你等一下。」Michael回去相鄰的房間，兩分鐘後回來。「那傢伙在偵探那個行業算是德高望重的老行尊，你以為一個斷了一雙腿後沒有轉行或退休的私家偵探會容易對付嗎？你敢在他面前痛罵他還真夠大膽。我朋友說沒有黑社會會向他出手。」

鄧偉半晌後才反應過來。「因為這等於向他宣戰嗎？」

「不，私家偵探和黑社會關係密切，有時會發揮互惠互利的合作精神。這就是健全制度發揮的作用，」

鄧偉受夠唸PPE（Philosophy, Politics and Economics，即哲學、政治和經濟學學位）的Michael不斷地講制度的優點，卻幫不上自己的忙。

「可不可以用你的名義幫我在這裡訂房間？我會把錢還你。」

「還錢？開什麼玩笑？」Michael走過來拍他肩膊。「我怎可以收你的錢？」

兩人相視而笑。

「那個名媛最後怎樣解決問題？」鄧偉問。

Michael揚起眉毛。「我以為你沒興趣知道。」

「當然有，說不定可以參考。」

「名媛被她所謂的朋友要求陪睡，她不答應，反而去找另一個有同樣背景的朋友，叫對方幹掉要求陪睡的朋友，完全不知道江湖規矩。結果她沒有被爆料，但從此人間蒸發，沒人知道她的下落。」

「帶了她的私生子亡命天涯？」

「當然不是，她的私生子還在過本來的生活。像名媛那種花錢如流水的人，離開有錢的夫家後就無法活下去。她應該是被人幹掉，屍體不知用什麼方法處理了。」

「其實她從一開始就可以輕鬆又簡單地解決這問題。」

「怎樣？」

「殺掉私生子，就不怕被勒索，換了我一定這樣做。」

Michael點頭，踱步離開。

「那的確是最簡單的方法，但她沒做，你知道原因嗎？」

「找不到人動手？」

「不，因為那是她的親生骨肉，下不了手。」Michael在房中門門口停步。「對了，你在這裡住一星期夠嗎？」

雖然Michael掛著笑容，但開出期限。鄧偉明白Michael的真正意思是「一星期後你就要自生自滅，也不要再找我」。

這是他們那個階層的說話方式。客氣、圓融、婉轉，很少拒絕別人，也不輕易請求別人。講話需要技巧，也要聽得明白人家話裡的意思，知道什麼時候閉嘴和退場。

在他們那個階層裡，就算在公開場合見到商業競爭對手、政見不同或有過節的人，都不會面有難色，反而可以一起拍合照，做運動，談笑風生，把酒言歡。

沒有永遠的敵人，也沒有永遠的朋友，只有永遠的利益，所以，做人的藝術非常重要。

如果不遵守這個遊戲規則，大家都不會把你當成自己人。

「夠了，謝謝。」鄧偉道。

Michael是講義氣的人，也是鄧偉最值得信賴的朋友，可是碰到涉及人命的麻煩，就頭也不回地馬上和他切割。

到底是這才是Michael的真面目，還是自己惹上的是個超級大麻煩？

果然要靠自己。

如果他想活下去，七天內就要把事情解決。

120

司徒素珊不喜歡宋小姐，但那女人起碼教過她一件好事：跑步。

現在每晚九點吃完飯後跑步是司徒素珊的例行公事，就像日本演員天海祐希說的「男人會背叛你，但肌肉不會」。

她戴上運動型口罩，過濾吸入的空氣，但呼出的空氣就沒有過濾。網路上有人說這是自私者戴的口罩，如果看到有人戴就要走開。她不認為戴這口罩是很自私。她跑步時身邊沒人，也保持社交距離。

她有三條跑步路線，一條要跑三百級階梯，一條是平路，一條是斜路（斜坡），每條大概要跑半個小時。她希望有天能一口氣跑完三條路，但這樣跑對四十多歲的女人來說是很大的挑戰。

她每天跑兩次，一早一晚。就算是同一條路，只要時間不同，見到的人和風景都不一樣。早上經過學校區時，會看到睡眼惺忪的學生和老師、運送不同物資的供應商；晚上則會和歸家的人擦肩而過，每張臉上都掛滿倦容。

如果沒有跑步，她會在家裡自暴自棄，甚至厭世。

跑步時，身體分泌又稱「腦內嗎啡」的內啡肽（endorphins），引領她走出人生的低潮，讓她回到家時，不覺得美茵離去，而是以永恆的方式存在，仍然和她一起生活，雖然她看不到聽不到也摸不到，但她感受得到。

美茵，妳要保佑我找到鄧偉那隻小老鼠。

121

鄧偉雖然自詡天不怕地不怕，但在四星級酒店裡怎也睡不好，只睡四個小時就醒來，睜開眼希望回到自己家的大床上。

他想念自己的沙發、浴缸、king size大床、約女生去開房間、在她們不知情下偷拍、在群組交換照片和「一分鐘報告」。

這一切都像是十年前的美好回憶、上輩子的前塵往事，就像疫情前的世界一樣。

地鐵車廂裡的乘客各忙各的，幾乎都專注在手機上，彷彿螢幕裡包羅萬有，彷彿擁有手機就擁有整個世界。沒有人注意他。

太好了。他喜歡處於不被人發現的狀態。

手機發出簡訊音，他收到一個來自神祕人的簡訊。

內容是個陌生的女性姓名、電話、電郵地址、住址、照片。

他的手機常收到援交妹的廣告，可是援交妹不會連自己的住址都公開。

這個陌生女人四十多歲，雖然樣貌姣好，但無法掩飾已經不年輕的容貌。

超過四十歲的女人不太可能吸引男人包養吧！不是沒有這種市場。可是，除非有名氣，否則沒有一個女人可以用不露半球不露腿，也就是沒有吸引力的生活照去拉客。

憑什麼？

她也沒有提供臉書和ＩＧ帳號，這更沒有道理。

以他多年在網路上找女人的經驗判斷，這不是出來賣的女人。

鄧偉第一次被一個女人的檔案弄得困惑。他要問的不只是這女人是誰，還有誰傳給他？為什麼？

十分鐘後，同一個陌生的號碼傳簡訊過來。不是介紹另一個女人給他，而是同一個女人，並列出過去三天她的行蹤，從白天早上出門吃早餐到晚上回家睡大覺之間的紀錄，一筆筆不厭其煩地列出，非常仔細。

這很像私家偵探的調查紀錄，但他和那個殘廢的社長已經沒有聯絡。

他馬上發簡訊問對方：「你是誰？這女人是誰？」但沒有收到回覆。

他帶著滿滿的困惑回去酒店房間。

知道這個電話號碼的只有死掉的柳漢華和偵探社。不過，柳漢華死了，偵探社和他解約了。

有些疑問他一直解不開。

偵探社為什麼要在合約到期前兩天提出解約協議？不是多此一舉嗎？

偵探社不是應該避免和他這種有諸多不滿的客人見面嗎？

巫師為什麼要叫他上去？不怕他失控抓狂嗎？

這些事情都非常不合理，也非常可疑。

可是，如果把所有「不合理」的疑點合理化，答案就很明顯。

其實偵探社已經找到是誰對付他們，但無法預計那人的後續行動，於是提前解約，表明從此一切和他們無關。

是這樣嗎？

就算問巫師，他一定否認。

如果搜盡枯腸都找不到其他解釋，剩下的唯一解釋就是答案。

媽的，原來那社長用心良苦，他居然在心裡罵了對方祖宗十八代甚至想找黑社會殺人滅口，真是對不起。

幾乎殺錯良民。

即使這個女人看來那麼善良和人畜無害，但他要傾盡全力去調查她的背景。

122

何雪妮自小喜歡跑步，曾在校內運動會裡多次摘下冠軍，公認有卓越的運動細胞，可惜在十歲那年發現左腳有骨癌，為保命只好把左腳截去，換上義腿。

她的父母認為她是殘廢，安排她去針對肢體傷殘的特殊學校就讀，沒有打算送她上大學。

「他們覺得我就算大學畢業，也不會找到好工作。」她在訪問裡說。「如果我能照顧好自己的起居飲食，他們就已經謝天謝地，要求非常卑微，但我不甘於過這樣的人生。」

何雪妮除了運動成績不錯，也很會唸書，後來，香港某富商的慈善基金向她伸出援手，提供學費和生活費，讓她以短跑運動員身份代表香港出戰殘奧，為香港和自己摘下不少獎牌。

在那個前臉書年代，媒體記者以尖酸的語氣說她「雖然長相甜美，卻是跛的，要不是外貌，沒人會注意」。

從跑道退役後，何雪妮重返校園，攻讀冷門的歷史系，以一級榮譽畢業後，五年後拿到博士學位，論文研究「當擁有最高權力的統治者有肢體殘障，其心理變化如何改變歷史走向」，並以古羅馬帝國皇帝克勞狄一世（Claudius）和美國總統羅斯福（Franklin Delano Roosevelt）為研究對象。

這時媒體的言論風向已不再相同。雜誌讚揚何雪妮是「一個傷殘人士克服先天不幸加入人生勝利組的故事」。她這個單憑外表看不出是傷殘人士的美女，不管去到什麼地方，都會惹來狂蜂浪蝶。最後她和一個有婦之夫搭上，對方為她離婚，但她並沒有和他結婚。

「香港最危險的獨腳女人」或「香港破壞力最強的殘廢人士」都是討論區上網民對她的稱呼。

何雪妮最危險也最可怕的是，所有針對她的批評，她都百毒不侵。

「連癌魔也殺不了我，我還有什麼好怕？」她接受訪問時說。其中一張照片就在跑馬地天主教墳場大閘前拍攝，她左右兩邊是一副對聯：「今夕吾軀歸故土，他朝君體也相同」，出自公元八世紀查理曼帝（Charlemagne）皇朝的國師阿爾昆（Alcuin）。

來到四十歲，何雪妮仍然單身，即使不再年輕，也不再傳出緋聞，但美麗如昔。漂亮的臉蛋讓她經歷無數風浪，也讓她收割廣大的人脈。她沒有浪費，成立香港傷殘人士互助會，希望運用新科技，改善傷殘人士的基本生活。

香港傷殘人士互助會的行政人員連同她這個總幹事就只有六個人，但做事很有效率，很多外人誤以為這是個有二十多個員工的機構。

「身體殘障不影響我追尋人生目標的自由。」何雪妮不只一次說：「反而我常見四肢健全的人沒有思想上的自由，對我們傷殘人士充滿偏見。」

曹新一相信，如果他一個男人約何雪妮見面，她不可能答應，所以特別請趙韻之以大學講師的身份出面約見，自己飾演陪她去的助理。

「其實你只是想近距離看何雪妮吧！」趙韻之笑道。

「對，向她學習怎樣被人看低、奚落、取笑、批評都打不死，而且可以保持甜美的笑容。」

曹新一打從心底佩服這個看來正常，但在心理和生理上都需要克服殘障的人，她面對的壓力可能比巫師還要多。

不過，不知道何雪妮會不會答應見面，只能靜候佳音。

123

鄧偉早就聽說有個在自由愛上遭遇性侵的受害者所成立的互助組。她們的自我保護非常嚴密。沒有臉書群組，只有網站，上面除了簡介和電郵地址，就沒有其他聯絡方法。

他發電郵過去申請加入。幾個小時後，對方回覆。

「現在有軟體可以讓男人在視像裡變成女性，連聲音也能改變，所以，我們要親自面談。如果是跨性別的朋友，很抱歉仍然存在灰色地帶，我們暫時沒有能力提供協助。」

她們主要的交流平台應該是在WhatsApp或Telegram群組，非常隱密，也對外人很有防備。

情報說那個女人可能跟互助組有關，但沒有提供強而有力的證據去證實她就是對付他們的女人。

他不需要證據，只要她有這個殺人動機，他就會動殺機去解決問題。寧願自己欠人家，好過人家欠自己。

他根據情報提供的詳細資料，去到她家附近觀察。

她看來就是一個長得算不錯也很高的中年女人。喜歡熟女的人，會覺得她有吸引力。

很少出門，頂多去超級市場和便利商店購物。

每天早上和晚上都在家附近跑步，每次半個小時以上，不和其他人打招呼。

跑步時沒有回頭看，沒有提防，沒有危機意識。

不奇怪，她怎會想到被發現？她一定沒有想過他會在附近。

不過，男人是獵人、女人是獵物這種關係不會改變。他的組友們太弱，才成為被野狗咬死的獵人。

她看來沒有殺傷力，因為她殺人是動腦，而不是埋身肉搏。

無處不在的網路才是她的凶器，已經有五個人死在她手下。

她跑步時很專注，是不是在盤算殺人計劃？

雖然住在酒店裡，但他夢見她以不知道什麼方式把他殺死，也許是升降機、汽車，或者食物。

可是，他不可以直接走到她面前打她或是拿刀捅她。

他要做得乾淨，可以全身而退。

既然她精心設計怎樣把人一個個幹掉而不留痕跡，他也要禮尚往來。

124

司徒素珊吃中午飯時，收到麗貝卡發來的訊息。

「前幾天有人在討論區開了個帖，說發現早前幾個意外非常可疑，很有可能是人爲，認爲背後有個連環殺手進行謀殺」

那帖子的標題很聳動：「這是香港近二十年來最駭人聽聞的連環謀殺案嗎？」，開始時沒人理會，但昨天有個擁有二十萬追隨者的YouTuber拍片談這件事，引爆相關討論，鍵盤柯南們相繼跟進調查，把一年前的新聞找出來，也把被凍結、無法再留言的帖子翻出來分析。

很多人加入討論，但始終流於紙上談兵，沒有腳踏實地去找證據。

「他們還有什麼發現？」司徒素珊馬上傳訊息問麗貝卡。

「暫時沒有」

「今晚有空見面嗎？」

「有」

「那在五號。0032」

125

鄧偉喜歡研究人。

每個人的生活都有規律，也有獨特的方式，就像去超級市場時，不開伙的人、有孩子的人、養寵物的人，逛的貨架都不一樣，連先後次序都不同。

這個女人獨居，不用上班，也不像有家人。

不過，一個人的真正想法，無法憑外表看出來，就像柳漢華看來就是個一本正經、做事呆板、不是沒有性生活就是不舉的中年公務員。

這個女人每晚出門跑步那條路很靜，很長，跑者不多。她花三十四至三十六分鐘就跑完。

他特地在白天過去視察，那段路有其中好幾段沒有監視器，適合下手。

他不是沒有運動習慣，但不多，在白天跑同一段路，算時間，果然比不上這個四十多歲的女人。這就是用跑步機和跑街（路跑）的差別。以前他不明白Michael為什麼住半億豪宅還要在天還未亮就去跑街，現在他懂了。

他也知道，愈有犯罪傾向的人愈重視體格訓練，所以，是她沒錯。

他沒本事在夜裡像吊靴鬼（跟屁蟲）般吊在她後面跑，她很快就會拉開和他之間的距離。

幸好，她跑的其中一段路是二百多級的階梯，能鍛煉腿部和臀部肌肉。她不是往下而是往上跑，到梯頂再經另一條彎路跑回原點。

太好了。

他要做的很簡單，不必用刀，不必下毒，不必開車撞，不必勒死她。

他信奉ＫＩＳＳ的原則。

Keep It Simple, Stupid。愈簡單，愈不會出錯。

他只需要在她快要跑到樓梯頂時，用戴上手套的手把她用力推下去，看著她滾下階梯，就算不摔死也會重傷、昏迷、腦死……

後面是他的想像，但不管怎樣，她看起來沒有和人結怨，警方會認定她死於意外，結論就是死因無可疑。

既然她用意外來包裝謀殺，他也用同樣方式回敬。

126

司徒素珊安排了十個和麗貝卡見面的祕密地點，每個都有一個號碼，每個地點只會用一次。

0032不是正確時間，反過來的2300才是。

她穿上不引人注目的黑色運動裝出門，沿原本的跑步路線跑了一圈後，不是回家，而是進去炮台山地鐵站，在一號月台的車頭上車，搭晚上九點那班前往柴灣的列車。

經過一個又一個車廂，以及加起來不到二十個乘客，確定沒人跟蹤後，她在車尾最後一個車廂裡找到麗貝卡。

「三天前宋小姐和我『巧遇』，不知道她在搞什麼花樣。」她將經過告訴麗貝卡。

「太可疑了。那個互助組有不知多少個受害者，她怎會那麼快想到妳？」

「我很有可能是唯一以母親身份找她，而且最後不歡而散的人。」

「妳要擔心的不是她找上妳，而是為什麼有人在這個時候把事情丟上討論區？」

「當然有事情在水底下發生。」

「所以我在想，妳是不是在追捕姓鄧的那混蛋？」

「對。」

「我看過他的人格分析報告。他不只聰明，適應力也強，做事不輕易罷休，性格非常aggressive。大企業喜歡這種抗壓性強也富創造力的員工。只要他們出現，就會刺激其他同事發揮生產力，產生『鯰魚效應』。這人從雷達消失後，討論區就有人討論案情，妳就知道他有多不簡單。」

司徒素珊知道麗貝卡的意思。

那混蛋知道自己被狙擊，所以不只躲起來，還把調查工作外包到討論區，請大家幫他動腦筋，用群眾外包（crowdsourcing）混合腦力激盪的方式玩「誰是凶手」的遊戲。

「我知道那傢伙很危險，從來沒有掉以輕心。」司徒素珊說。「不過，他不會發現是我這個失業的中年女人，不可能。就算他找到我，我也不是吃素的。」

127

鄧偉連續去她跑步的路線觀察了四天。

他穿運動裝又戴帽戴口罩，在夜色掩護下，如果他看不清別人的臉，別人也認不出他來，但他能憑身形、髮型、運動裝、運動鞋、放在手臂臂套上的手機大小、走路的姿勢和跑步速度等認出晚上在這個社區裡跑步的人，一共十七個。

大家好像要等吃完飯，路上的人少了，才出來運動。他們很少一起出現，就算碰到也不會打招呼。

他憑她的運動裝束認出她來，有時白天她會用這打扮到處走。

她從階梯上來，把黑色口罩勾在手臂上。

雖然把她推下去這個動作不消一秒鐘。可是跑這樓梯的，除了這十七個跑者，還有路人。

往上走的路人一個也沒有，也許白天會有。往下走的，大概每五分鐘就有一、兩個，他要提防有人突然在附近出現，把他的動作看得一清二楚。

這個「謀殺」計劃看似容易，但執行起來並不是。

即使她在他身邊跑過好幾次，但那時他身處不只一個路人的視線範圍裡，他遲遲無法動手，只能看著她離開，彷彿聽到她在耳邊說：「你能拿我怎樣？要不要直接推我下去？」

當然不行。他會被路人一起按在地上，警方會拘捕他，雖然找不到他在網路上做過的好事，但會以蓄意謀殺的罪名起訴他，一經定罪，可判處終身監禁，從此失去享受美食、音樂、旅行和最重要的，打炮的自由。

如果找到專業人士人幫忙，就不必自己動手。

Michael有這種人脈，但既然他不主動開口幫忙，就表示不會蹚這場渾水，就算求他也沒用。

像他這樣一個沒有黑道關係又奉公守法的良好市民，要殺人而不被抓到，在香港真的好難。

如果兩天內無法把事情好好解決，他就要離開四星級酒店。

由於不能回家或其他家族物業，也不能去會登記姓名的酒店，因此唯一可去的只有重慶大廈那些小得像墓穴的劏房。

他一定睡不好，一定會照樣夢見那女人滾下階梯，然後安然無恙地爬起來繼續跑步。

她會經過他身邊，在他耳邊輕聲說：「你殺不了我。」

128

司徒素珊在回家的路上，幾年來第一次回頭看有沒有人跟在自己後面。

沒有。

如果那個混蛋發現是她，會怎樣對付她？

她很少在外面吃飯，不必擔心他在食物裡下毒。

像她一樣利用網路嗎？

她身邊沒那麼多物聯網裝備。

在路上捅自己一刀？

她家附近很多店家都有監視器，這樣逃不掉。

趁她站在馬路邊時用力把她推出去，假裝是她自己衝出馬路被車撞死？

所以她在路上要小心提防附近的人。

她在客廳吃飯時，一隻飛蛾不知從哪裡冒出來，飛了一陣，最後靜止在電視機頂上。

是美茵回來嗎？

不可能，都過了這麼久。

美茵喜歡看介紹昆蟲的電視節目，覺得昆蟲是大自然的一部份，除非是害蟲或者滋擾人類生活的昆蟲，否則她們家不會殺掉。

最讓美茵驚訝的昆蟲，是青蛙殺手黃緣步行蟲（Epomis nigricans）。

青蛙是昆蟲殺手，黃緣步行蟲本來是其獵物，但這種昆蟲經過演化後，生出的不是保護色，而是強大的攻擊力，反過來捕殺青蛙。牠們的幼蟲躲在路邊，等青蛙接近後，咬住青蛙的身體，然後開始吸食青蛙的體液，把青蛙一口口吃掉。

青蛙會看著自己被吃掉的過程，到最後只剩下白骨，完全違反青蛙捕食昆蟲的單向食物鏈。

司徒素珊覺得，她這個處於弱勢的女人就像不斷演化的黃緣步行蟲，像牠們捕殺青蛙般，把那個群組裡的成員一個個消滅。

可是，現在有隻頑強的青蛙堅持認為自己是昆蟲殺手，向她宣戰。

129

第六天。

中午下了一陣雨，天文台說這晚可能會下微雨。

鄧偉喜歡下雨。

不喜歡下雨的人會躲在家，但喜歡做運動的人，會像上癮般出來跑步，像他在刮颱風時去自由愛約炮，一樣有女人冒風雨應約。

他八點半離開地鐵站出口，一陣雨粉撲面而來。他沿斜路走上那條長階梯，雖然天雨路滑，但那些跑手（跑者）如他所料地一一出現。

果然，會跑步的人不輕言放棄。

除了跑手，沒有其他行人走這條長梯。

他站在梯頂十分鐘後，她終於出現，速度稍為放慢，雖然戴上帽子和防水披肩，但確實是她沒錯。他認得她的跑姿。

沒有人在梯頂附近徘徊，唯一看到他的，只有向他跑上來的她。

她快要經過他身邊時，他輕輕呼喚她的名字，她向他抬起頭來，驚駭莫名。

就算發現不尋常的危機近在眼前，但剛跑完二百多級階梯，沒有力氣加速逃走。

他不會客氣地只用一根手指去點她，而是出盡全力雙手拍在她胸脯上。

她無法阻擋他的襲擊，像顆皮球般朝後翻滾，翻了二十多三十級後才停下來，就像他夢見的一樣，但無法站起來。

雖然他沒用槍，但和埋伏一整夜只為了等開槍一剎那的狙擊手沒有兩樣。

準備工夫很長，要擔心會出突發意外的地方也很多，從計劃到執行花了快一個星期。

離她最近的跑手，和她相距至少五十級階梯，就算看到，也救不了她。

鄧偉快速逃離現場，今晚一定可以睡個好覺。

130

【本報訊】一名四十二歲女子於昨夜十時許被發現倒臥在灣仔天海徑的梯間，送院後發現頭部受到重創造成腦出血，全身多處骨折，目前正在深切治療部（加護病房）搶救。警方懷疑傷者在梯間跑步時叉錯腳，以致在梯間翻滾超過四十級階梯。天海徑有二百九十級階梯，貫通皇后大道東和中半山，有超過一百年歷史，甚受晨運客歡迎，在早上繁忙時間也有上班族從中半山步行落皇后大道中。

【更新】傷者爲名媛朱嘉靖，是明朝集團創辦人朱瞻基的後人，現年四十四歲，在美國取得商業學學位和工商管理碩士學位後返港，開設人事顧問公司。五年前離婚。前夫爲商人陳蓮。

據匿名人士透露，朱嘉靖是一個女性性暴力受害者互助組的召集人，該互助組有約四十多名成員。

朱嘉靖目前仍未甦醒，正在ＩＣＵ接受搶救。

第十一章／明朝（2020）

131

司徒素珊收到小珍傳來的新聞時，才知道宋小姐遇到意外，目前仍然昏迷。

傷者名稱變成「朱嘉靖」。這不奇怪，那種性質的群組很多成員都是用假名。

但，「名媛」？

不錯，她的頭髮燙得很漂亮，平心而論，容貌也算有氣質。

然而，那兩個字怎會和那個女人扯上關係？

司徒素珊google了「朱嘉靖」，雖然找到十多則新聞，但其實是同一則，是她七年前創辦公司的新聞，從行文用字判斷是宣傳稿，記者也跟著抄。

找到她離婚的新聞，沒提到她有孩子。

沒找到她前夫陳蓮的新聞。不奇怪，有些人信奉「悶聲發大財」，不但不需要刷存在感，還最好是沒有外人知道他們的存在。

司徒素珊發了個短訊給互助組的葉小姐，但對方已讀不回。

司徒素珊不認為她遇上不測，只是不想再管這些事，並和朱嘉靖切割。

司徒素珊沒有做飯，而是去泰國餐廳買了兩份海南雞飯餐回來，叫小珍上來吃。

「我一直以為她是個普通不過的失婚婦人，萬萬想不到她是住在市值四千多萬半山豪宅的富裕階層。」小珍把關於朱嘉靖的報導都看完。「以她的財力，大可以自掏腰包支持那個互助組，僱用專人包括心理學家和法律專家，甚至打民事官司控告自由愛。」

司徒素珊心想，沒有見過世面的人或外行人，會把很多事情簡化得輕而易舉。以前她在職場上就碰到很多這種「識少少扮代表」（見識少卻喜歡發表意見冒充專家）的同事，但老闆不知就裡，接納他們的意見，提拔他們，結果外行領導內行，也是災難的開始。

「找心理學家應該可以，但打官司就不可能。自由愛的律師團隊戰績彪炳，往往把法庭戰拖長來處理。他們是公司付薪水的律師，外人卻是付費找律師，就算朱嘉靖這種有錢人賣掉自己的豪宅也不一定應付得來。」

小珍露出尷尬的笑容。

「她這次是單純遭遇意外，還是做了我們的替死鬼？」

「很難說，我不知道她有沒有其他仇家。如果有人下手，也不可能針對她在那個無助組的身份。沒人會把那種沒有作為的小組放在眼內。」

司徒素珊曾經懷疑那個女人出賣她，沒想到最後可能是反過來，那個女人做了自己的替死鬼。

她不怕被人找上門來，但連累其他無辜者就不一樣。即使她對那個女人沒有特別好感，仍然感到內疚。

不過，如果冷漠是最沉默的殺人方式，對人冷漠的壞女人最終也得到了應有的報應。

132

「這是不是你在查的案件？」

趙韻之像隻貓般向曹新一走過來，沒有發出腳步聲。

「今早已經傳遍全網，妳現在才發現？」他反問。

「我要備課，要教學生，不像你這麼閒。」

「可是我瞄到妳剛才只有三個學生上課，妳為什麼不叫其他人開鏡頭？」

「現在的學生權力很大。如果你叫他們開鏡頭，他們不會向系主任投訴你侵犯人權，但會在課程結束後給你劣評，理由可以是『教學沉悶』，或者『沒有教育熱誠』。」趙韻之坐在他面前，盯著他的眼睛問：「那個在討論區說早前幾個意外非常可疑的帖文是你發的嗎？」

她在盤問他，留意他是不是在說謊。曹新一是專業人士，怎會不懂？

「不是，但我在底下留言，補充了一些資料。」

「你居然敢做這樣的事！」她幾乎叫出來。「不怕被公司發現嗎？」

「說來話長，我們……」曹新一幾乎把「偵探社」三字衝口而出。「……公司和他解了約，和這案件沒有關係，而且，無法證明是我做的。」

133

就像一支射出時強而有力的羽箭飛到最後也會落地，鄧偉返回酒店時力氣盡失，沒洗澡，沒刷牙，沒洗臉，沒換衣服，脫下鞋後，連抬起手指扳下電燈開關的力氣也沒有，直接倒頭大睡。

某架車上的行車記錄器或某個路人意外拍到他，警方從不同線索拼湊出他的下落，來到酒店給他鎖上手扣，在密室裡用幾十盞大燈照射他的臉，用震耳欲聾的聲音告訴他說：

「警方發現你做過的所有壞事，證據確鑿。你害慘了那些女人，死十萬次也不夠。」

他直接被丟去監獄，在那裡等待他的不是被他搞過的女人，就是他沒見過只知道名字的無臉女。

她們不是赤手空拳，而是準備了各種刑具，對他的身體施刑，像帕索里尼（Pier Paolo Pasolini）執導的電影《索多瑪一百二十天》（*Salò, or the 120 Days of Sodom*）裡的施虐者那樣，剝頭皮、剜眼、割舌、燒春袋（燒雞巴），慘無人道。

「嗶屌！」

他驚醒過來。

這時剛過中午，他不覺得自己睡了超過十個小時，而是死去十個小時後才復活。

手機沒有電，他昨天忘了充。

他拿出筆電看新聞。

一如他所料，下一個跑手發現那個女人倒臥在地上後報警。救護人員把她送去深切治療病房。

她雖然沒死，卻出現腦震盪，可能成為植物人。

妳以爲只有妳懂得把殺人僞裝成意外嗎？我也懂，而且是用更簡單的方法，不必經過網路，不必駭進物聯網裝備裡，就是直接走到妳面前，送妳一程，爽快！

妳就算不會直落黃泉，也會變成植物人。妳沒有父母沒有丈夫也沒有孩子，親戚應該希望妳盡快脫離這種雖生猶死的狀態，把維生設備拔走，好好繼承妳的遺產。

他們也許會用妳的名義在大學成立獎學金做做樣子，那花不了多少錢，我懂，我父母就成立了幾個去沽名釣譽。

這是Michael給他安排酒店的最後一天。如果他要再住下去，就要用自己的名字登記。

那個女人也許有同黨，所以他出入一樣要小心，不能留下數位足跡，不能馬上回家。

他左思右想後，決定搬去他父母名下一個四百多平方呎的小住宅。那個租客在一個月前開始拖欠租金，三天前突然舉家搬走。

時間剛好配合上。

要幹掉他的人也許會查到這是他家族的物業，但沒這麼快找到他的藏身處，所以，他覺得只住幾天應該安全。

第十二章／She deserves it（2020-21）

134

有個獨立調查記者對朱嘉靖的意外事故窮追不捨，用一個月時間進行調查，寫出一篇很深入的專題報導，把話題拉到女性在自由愛上交友被約會強暴，在網媒上分三天連載，從騙徒的行騙手法、受害者的心理創傷、自由愛公關對此愛理不理、警方冷處理、網民對受害者的冷嘲熱諷等不同角度去寫。

記者表示這五位受害者都不願意公開身份。她們不是怕被貼上蕩婦的標籤，就是怕招來報復。

這系列報導開始時只是由少數網民轉發，直到第六位和第七位受害者相繼用真名實姓在自媒體上爆料，終於引來更多媒體跟進，最後連各大電視台也爭相報導。不到二十四小時，事件就發酵到連本來對這種事一無所知的不同年齡層市民都知道事件的嚴重性，引起廣大迴響。

曹新一一直留意事態發展。

有人自發抵制自由愛，在他們的臉書和ＩＧ帳號上留下大量惡評，甚至刪掉帳號。

不過，自由愛始終有一大批忠實的支持者。當你肉體上的快樂和一部份人生是依附在一個ＡＰＰ上面時，就算那個ＡＰＰ很爛，也不可能刪掉。

135

鄧偉一直在留意討論區上有關物聯網連環謀殺案和自由愛的貼文，那兩個話題風風火火了一個星期後，就沒人再討論，一如他所料。

香港人做事一窩蜂，擁有外國人難以想像的浪漫和激情，但都是三分鐘熱度，很快就會把事情徹底遺忘。

他喜歡這樣的城市。

痛苦與快樂的鬥爭，就是記憶與遺忘的鬥爭。把壞事忘卻，拋諸腦後，就會只剩下好人好事。

那是多美好的世界呀！

因此，所有事情，包括在那個群組裡的討論、交換女性情報、約她們出來、勾引或者誘騙她們上床，他不是覺得被遺忘，而是——

他根本沒做過。

一件事只要沒人記得，就等於沒有發生過。

沒有人要追殺自己。

他是個絕世好人、自由人，最後也搬回自己的家。

他徹底忘記過去，但對未來充滿美好的想像。

這天他去了家族其中一個位於西營盤的出租物業，他父母在九一年用一百多萬購買，差不多三十年後，已升值至九百多萬。

在以前的香港，只要你能付出首期（頭期款），再找租客以租金分期還房貸，就可以一間又一間地買個不停，期間還可以賺取樓價的升值。

比起好好唸書做專業人士或做生意，這種做業主（房東）賺錢的生活，沒有生意風險，沒有經濟轉移，不必參與全球化競爭，在樓價只升不跌的香港處於不敗之地，而且香港自二〇〇五年起就取消了遺產稅。

他多次向父母建議趁高價售出大型住宅屋苑太古城的單位，但母親只願意賣掉兩個位於東涌的單位，持貨十五年，總獲利超過一千萬。

只要父母參與這種遊戲，你一出生就註定衣食無憂一輩子，可以過自己想要過的人生。反過來，如果父母沒有房產，你想從零到一，就要揹上一輩子的房貸，也就是放棄人生追逐夢想的自由。

在香港，你的人生如何，在你投胎那一刻已經決定。

他們家在西營盤的那個單位的建築面積是六百平方呎——實用五百二十呎。三年前透過地產經紀公司以二萬八千元出租時，有兩個人感興趣，一個是從美國來港工作的銀行律師，三十七歲，月入十一萬，單身，願意付兩萬七千元的租金。

不過，鄧偉決定租給另一位，三十五歲的單親媽媽，姓黃，有個一歲多的孩子，在一間跨國企業擔任高級市場及業務拓展經理，月入約六萬八千元，可以付兩萬五千元的租金。

經紀領一個月租金為佣金，所以她無法理解鄧偉把房子租給單親媽媽的理由。

鄧偉在WhatsApp上解釋：「單親媽媽要照顧孩子很不容易，我不介意每個月少拿兩千元」。

「我提醒你，這個女租客不是公務員，付的租金超過收入的三分之一，比重過高，我們公司一向不建議業主租給這種租客，萬一她的收入出現波動，就可能拖欠租金。」

「她是希望住在這一區讓孩子派到名牌小學吧！」

高街位於香港四大名校網之一的港島區11校網（中西區），裡面有三間頂尖小學，畢業後也有很大機會被派到頂尖中學，繼而進入有百年歷史的香港大學。

鄧偉在短訊說：「我希望能幫上她忙」

香港大學醫學院前身為香港華人西醫書院，國父孫中山為第一屆畢業生，其後（一九二三年）應邀訪問母校，用英語演說，題目是「革命思想的誕生」，一開始他就說：「我有如遊子歸家，因為香港與香港大學乃我知識之誕生地。」又說：「我從哪裡、怎樣產生革命思想和現代思想呢？我的思想就是在這個地方產生的；在香港這片殖民地！三十多年前，我在香港讀書，用了很多空餘時間走在這片殖民地的街道上。」

校園的荷花池旁設立了孫中山的銅像，成為知名的打卡聖地。

經紀在回覆裡讚他人很好，加上心形圖案。鄧偉回覆笑臉。這種在社會上生存的客氣，或者說虛偽，他和經紀都很清楚。

然而，經紀不知道他其實在打什麼算盤。

他父親教過他，漁翁撒的網只要夠大夠久，魚就不會知道網的存在。

136

鄧偉特地去崇光百貨買了一盒高級刺身作見面禮。

雖然是他家的物業，但除了三年前上一個租客退租，他找裝修師傅修葺後，就沒再上去過。

大廈管理員不認得他，需要查紀錄才能確定他是授權委託人。

打開門的黃頌詩女士就像經紀說的，白白淨淨很斯文，身材仍然纖瘦，不像生過孩子。

雖然她戴上口罩，但他在她的FB和IG帳號找到她和女兒的照片。她的近照和三年前經紀傳過給他的身份證照片幾乎一樣，沒有修圖，一點也不像三十八歲已為人母的女人，如果換另一副裝扮，現在仍然可以喬裝成二十尾三十頭。

他把她上下仔細打量一遍後，才去留意單位裡面的陳設。組合櫃、餐桌和沙發等都由他們家提供，其他都是她自購。租屋的人沒有太多個人物件。客廳裡沒有電視機，但有部迷你投影機，很多租客都是用這種方式輕裝上路。

這種人很自然地信奉斷捨離的人生哲學，給自己洗腦，這種人生才是最好的方式，就像老鼠對老鷹說不想飛太高，怕會從高空掉下來，所以寧願一直留在地上。

她女兒和他打招呼。鄧偉雖然不喜歡小孩子，但仍然彎下身來。

「妳叫什麼名字？」

「黃家儀，Brenda。」

女孩很有自信地答完，母親就叫她進去房間。

鄧偉示意黃頌詩坐在雙人沙發上，她順從他的意思。

「我習慣站著講話。」鄧偉成功了第一步，把雙手插進褲袋裡，「Brenda今年幾歲？」

「四歲。」

「能在原校直升小學嗎？」

「還不知道。」

鄧偉壓抑嘴角的笑意，他的如意算盤有很大機會打得響。

「妳說妳在繳交租金上有困難，不知道我可以怎樣幫上忙。」

她露出像待救動物般的眼神。

「由於疫情來襲，公司生意大受影響，把我裁掉。我本來擔任市場及業務拓展部高級經理，在這環境下暫時不容易找到同樣收入的工作，也不知道什麼時候能再找到。我辭掉家傭節省開支，現在要用積蓄來應付租金，希望你能暫時只收一半租金，等我的經濟環境改善，就把拖欠的租金連本帶利歸還。利息可以商量，我的彈性很大。」

她沒有提出減租，就算減，也無法扣除一半那麼多。

「介意透露妳之前的月入嗎？」

她猶豫了一下，「我之前月入連佣金有七萬甚至八萬。」

「收入很高呀！」

這比鄧偉的「正職」要多出一大半。

要不是父母護蔭，別說在香港置業，連這個小得他看不起的物業他也租不起。

就算她比他聰明、勤奮、刻苦耐勞，但打從在母親子宮裡時，他們命運的好壞就已決定下來。他會一世無憂，她如果無法把握人生裡出現不到三次的經濟週期置產，就無法翻身，年齡愈大，生活壓力就愈大。

「Brenda的幼稚園費用呢？」

「一年一萬三千。」

「很便宜呀。」他很失望。

「算貴了，政府近年推出『免費優質幼稚園教育計劃』，不過，Brenda參加了六個興趣班，有鋼琴、芭蕾舞、英語拼音、游泳、畫畫、普通話，加起來一個月要七千。」

他沒有孩子，也沒這打算，但也知道興趣班是香港小孩子報讀名校時加分的有利條件，於是直升機家長便替孩子培養一大堆興趣。Michael的妹妹不到六年級已經考到鋼琴八級，極有音樂天分，但上中學後視彈琴為苦差，十多年來沒再碰過鋼琴。

這種興趣班只是叫孩子把興趣功利化，而不是產生心靈上的感動。

相反，他連五線譜都不會看，卻喜歡古典音樂。聽同一首布拉姆斯（Johannes Brahms）的第四交響曲，他可以分辨出二十多個版本。

黃頌詩雖然月入七萬多，但扣除房租、女兒的幼稚園雜費和興趣班費用，就剩下三萬多，再扣除母女兩人的衣食住行和水電煤等基本開支，一個月能存下來的錢恐怕不到一萬，這裡已經假設她不用供養父母。

女兒和她同姓，他特地查過，她不是離婚，而是從來沒結過婚的單親媽媽，所以沒有前夫提供贍養費。

她的積蓄不用他去問，相信沒有多少。在香港，如果不是自置物業而是租樓，就是一輩子幫業主還房貸，即使月入七萬，減除開支後，也可以是捉襟見肘的月光族。

「妳差不多已到山窮水盡的地步。我有理解錯嗎？」鄧偉露骨地問。

即使是一個三十八歲的女人，曾經高高在上的管理人員，但被人問到這點，她的臉色還是難免變得通紅。

「放心，我一定會努力找工作，把錢還給你，不會拖欠。」

鄧偉把手從褲袋裡抽出來，坐在沙發上，她旁邊。

「妳放心好了，我不希望妳和Brenda流落街頭。我名下不只一個物業，如果妳有困難，真的有困難，我不只可以讓妳暫時只交一半租金，我甚至可以讓妳不必交租，也不用還錢。我和妳一樣——」他盯著她的胸部。「很有彈性。」

鄧偉不會讓她知道，他早就通過朝霧協助，找到她的自由愛紀錄來看，包括個人檔案、約過什麼人、交換過的訊息，他全都看光光。她在上面坦言自己是個單親媽媽，希望找到另一個人重組家庭。

她的外貌吸引不少男人，但大部份都是調戲她，甚至發給她色情訊息，包括下體的照片。

她只回應極少數人，也提出很多問題，要瞭解清楚對方才見面。

只要是自由愛的用戶，他就可以拿到她的性格分析報告。她是能偽裝成「E」（外向）的「I」（內向），在公事上扮演據理力爭的角色，在私生活裡演回自己，小心謹慎，不會反抗，安分守己。

這種內外差異常讓人對她產生誤解，她在公司裡會罵同事，在家裡卻被家人指責，長期處於高壓狀況，容易情緒不穩和失控。

鄧偉不會質疑報告內容。這是大數據從過億人的檔案裡歸納出來的結果。既然性格決定命運，能夠瞭解一個人性格的AI，就比算命先生更能看透一個人的命運。

以黃頌詩的性格，這輩子如果要過得好，就是不結婚不生小孩，不被家庭所困。

不過，這種性格的人，有個弱點，就是很容易被比自己強大的男人吸引和征服。

從黃頌詩的眼神就看出，她不笨，很快就明白他的意思。他剛才的話已經清清楚楚表示，他摸清了她的底牌。她不但需要讓兩母女「有瓦遮頭」，也需要這個優質校網。

而她，一點討價還價的能力也沒有。

就算報警把他送官究治，警方也無法幫她解決租樓問題，只會說，租務糾紛並不是警方處理的範疇。

如果把事情在討論區公開，也許能爭取同情，但不是這她這種人的處事方法，更無法解決女兒的校網問題，就像揭發「水門事件」的保全人員Frank Wills雖然被媒體讚揚為英雄，但並沒有從事件中拿到金錢回報或升職，餘生都找不到像樣的工作，最後一貧如洗。

現實世界比很多人想像的還要殘酷，特別是對待老弱婦孺。他相信她明白這個道理。

他參考過外國和香港的報導。面對這種處境，單身女性不一定會答應，寧願搬到更便宜的地方，但單親媽媽或者和年邁父母同住的女性往往會就範。她們不只擔心流落街頭，也不希望居住環境的水準下降，要家人重新適應。

黃頌詩不年輕，但他並不介意。能夠玩一個不會出來賣的良家婦女、真正的熟女、真正的ＭＩＬＦ、貨真價實的辦公室中層管理人員（即使是過去式），就像Kinder（健達）出奇蛋般能同時滿足好幾個願望，並不是常有的事。

鄧偉有次在YouTube上看過一個夜店經理的訪問，那個三十多歲的男人長得高大，臉被打上馬賽克，經過變聲的聲音說：「以我這身份，送上門的女孩多到不計其數，要把身高一百六十五以下和腰圍在二十六以上的推掉。」

鄧偉不挑剔，大小通吃。就算黃頌詩五十歲，他也一樣要上。如果她女兒滿十八歲就更好，乾脆來個母女丼。不是分開上，而是一起來。

自從他第一次享受這種特別的日本料理，目睹母女同場時兩人羞愧的眼神，那種無比的刺激感就令人難以自拔。

可惜她女兒要很久後才成年。

「妳也不用不好意思，我不會讓妳白住。妳知道怎麼做。」

鄧偉露骨地說，不是怕黃頌詩不明白，而是展示自己的權力。

權力之所以為權力，就是能夠隨心所欲坦蕩蕩地展示出來。

他再次上下打量她，這次在更近的距離，可以看清楚她的耳朵變得通紅。

當然不是憤怒，否則她早就怒甩他巴掌。

她低頭猶豫時，他加把勁道：「我不貪心，一星期頂多兩次，時間上會配合Brenda，可以是她上興趣班的時候。不會在這裡，這是妳們的家，我會挑五星級酒店，做足安全措施，不會讓Brenda多一個妹妹或弟弟，不會要妳玩ＳＭ、走後門、穿校服、３Ｐ等不尋常的玩法。我不會偷拍，這件事只有妳和我知道。」

開玩笑，他一定會偷拍，但再也不會和其他人分享。

她垂下頭，沒有注視他，眼眶裡含著兩泡淚水。「趁人之危」就是要在這種對方沒有條件say NO的時候展開。An offer you can't refuse。

感謝席捲全球的疫情帶來的財富大洗牌，讓這個可能曾經不可一世的管理人員要向他臣服。

她會答應他的，除非她在三天內找到工作，除非疫情在三天內消失，除非世界末日在三天內降臨。

她這個很不甘願的模樣給他很大的誘惑，他按捺住把她推倒的衝動，只是伸手抓著她紅得發熱的手掌。

她沒有甩開他的手，他也就把試探的底線推進。

不是站起來拉下褲鍊，雖然他的下體已經很硬，也很想看看她含著用力吸的表情，還有吸出來後再舔乾淨的樣子，但他有自己的原則，就是絕不會冒被她女兒發現的風險。小朋友不應該看到成人世界的殘酷，他童年時就見過爸爸夜裡進去家傭的房間裡發出奇怪的聲音，幾年後才明白兒童世界的單純和美好其實是膚淺和幼稚，大部份人需要留在那個蛋殼裡接受保護，但他這種人卻希望愈早破殼而出愈好。

他得寸進尺地把她的下巴托向面對自己的方向，果然她也沒有抗拒，只是以完全臣服的眼神注視著他。

那也是奴隸的眼神。

他贏了。

「我希望妳去酒店時可以打扮成以前上班時的模樣，這應該不過分吧！」

她會以為他只是注視她的雙眼。他應該告訴她，他已經以她想像不到的方式把她的靈魂看光光，這比看清楚一個人的赤身裸體更徹底。

137

鄧偉的手機安裝了自由愛，它從麗貝卡的雷達上消失了一個多月後，終於又浮出水面。

他搬回在土瓜灣的住處。

這表示他覺得事件告一段落，也鬆懈了。

麗貝卡不同意，那件事還沒有完結。不少被他們那個群組看上的女性，照片和影片依然在網路很多角落流傳，名字也被赤裸地曝光。

這些被摧殘的女性痛苦地活著，他有什麼資格活得光明磊落？

她發短訊通知司徒素珊，沒提人名，沒提地方，只有短短「他回家了」四個字。

「我知道」司徒素珊回覆。「他只要搬回那座智慧型大廈，我就會收到通知」

麗貝卡好生奇怪。

那幾個人的手機安裝了自由愛，所以一直以來，是她找到他們的行蹤，再通知司徒素珊。

「妳怎會知道？」

「我可以告訴妳，但妳可不可以幫我一個忙？」

「是什麼？」

「九號地點，今晚，0012」

138

小珍的求學之路並不平順，這年才終於大學畢業，可是一點也不高興。

第一，美茵不在了，她們剛進大學時說要一起去畢業旅行，結果現在只有小珍一個人畢業。

第二，疫情期間，各大小企業都凍結招聘，畢業等於失業。

第三，由於找不到工作，只能在家裡蹲，因此被父親罵：「衰女，讀咁多書都搵唔到嘢做，養到妳咁大都冇撚用！」（衰女，唸這麼多書也找不到工作，養妳到這麼大一點鳥用也沒有！）

她討厭父親把罵自己視為日常，而且使用帶男性生殖器官的粗俗用語。

父親重男輕女，常罵她「冇撚用」（沒鳥用），但是她「冇撚用」，是因為決定下一代性別的Y染色體來自父親，也就是他「條撚冇用」（的鳥沒用）。

雖然父親有「撚」，但除了賺錢養家，有關心過家人嗎？

他從來沒問過自己的人生目標是什麼、過得開不開心，沒啟發兒女怎樣去自我追尋，過自己想過的人生。

他只關心手上的股票升跌和其他投資的回報，如何賺更多錢去安享晚年。

在他的世界裡，她的人生沒有意義，除了滿足他養兒防老的需要外，沒有其他功能。

所以，其實她比家人想像的更急於找到工作，希望賺到錢後可以一個人搬到外面住，就算是小小的劏房也無所謂，起碼可以有自己的小天地，也就是獲得自由。

「小珍，在找工作嗎？有沒有興趣來我這邊幫忙？」

小珍收到盈盈表姊發短訊問。

「妳還在開女僕咖啡室嗎？」

小珍更想問，她的女僕咖啡室在疫情下能支撐下去嗎？

「對呀，妳還記得。要過來打工嗎？」

她直接打電話過去。「我到現在仍然是胖胖的，可以嗎？」

「這個別擔心。像妳這樣的胖女生，我們有不少顧客都喜歡。這裡以前有個女生比妳更胖，很受歡迎。」

「真的嗎？」

「妳來做做看就知道。我們的客人不介意稍胖的女生，但很介意女生沒有笑容。我會提供透明口罩給妳。不過，我要先說清楚讓妳有心理準備。女僕不是單純的侍應，而是需要比侍應更高的技能，十八般武藝樣樣皆能。雖然收入高，但妳的話，不能做超過兩年，妳要有心理準備。」

「因為辛苦嗎？」

「不，客人上來是和年輕的女僕玩。過了二十五歲妳保養得再好，也騙不了人。除非我們轉型爲輕熟女女僕或熟女女僕，否則客人會跑掉，這行沒外人想像那麼好做，非常殘酷。」

這點讓她想起司徒素珊的情況。「ＯＫ。」

「我們的客人不只十多二十歲，也有三十多，甚至四十歲的。他們未必像小伙子那樣純情，也許會開口約妳去玩。要不要答應妳自己決定，後續的事情我們也管不了，只要妳回來上班就行。」

「開玩笑，我這種胖妹誰會約？」

「等妳上班就知道。我們現在很缺人。妳有沒有同學有興趣一起過來？」

「妳們缺多少人？」

「六個。」

「這麼多？」

「我們店裡六個最可愛的女孩去年一起上街示威，昨天全部被判入獄。我要崩潰了。」

139

麗貝卡聽完司徒素珊講的計劃，覺得她瘋了。

那個計劃比司徒素珊上次跟她說的更冒險、更大膽，甚至說，瘋狂，只能在電影裡出現，不可能在現實發生。

不過，司徒素珊這種固執的人，只要下定決心，就不會放棄。

雖然整個電車上層只有她們兩人，但在車尾包廂座椅的兩人不是分開面對面坐，而是坐在一起。

電車緩緩開往香港島最西端的堅尼地城。

「妳幾歲了？」麗貝卡問司徒素珊。

「我經常運動。」

「沒有用，年紀大了，就跑不過年輕人。妳要不要和我比比看？」

「開玩笑，我怎麼可能跑得過妳？」

「那妳怎可能跑得過一堆男人？」

「我不需要比男人跑得快，只是能逃就可以。我的計劃沒有死角，風險近乎零。」

「不。妳沒有考慮風險，妳的想法完全是非理性行為。我答應妳就是看著妳送死，不，是幫忙送妳去死。」

「這房子是我媽留給我，我打算留給美茵。現在我也不知道留給誰。我沒有親人，就是死了，也沒有人替我辦喪禮，房子沒有親戚去搶，沒有人會記得我，沒有人會為我流淚。不過，這也好，我不會拖累人，也沒有後顧之憂。其實，就算失手，我也不會死。」

「對，妳不會死，但要坐牢，妳覺得美茵會希望妳這樣嗎？」

電車在銅鑼灣崇光百貨前面的路口停下來。

疫情下的香港，街上遊人稀少。昔日五光十色的遊客區，現在很多招牌都沒有亮燈，整個銅鑼灣黯淡下來，宣告一座城市的沒落。

「她不會知道。我做那件事，是為了我，而不是為了她。」司徒素珊雙眼露出堅強的意志。

「我不反對復仇，但必須理性。妳這樣做只是比同歸於盡稍好。」

「妳有其他辦法嗎？像上次那樣，安排我和他配對，然後約他去一個僻靜的地點？」

麗貝卡不是沒有想過這個方法，所以也做過調查。

「他雖然還有用自由愛，但只是在上面睇女（看妹）。我不知道他現在去哪裡找女人陪他去酒店，也許是付錢。他警覺性提高了不少，行蹤飄忽，經常繞路，提防被跟蹤。」

「就是！根本沒有其他可行方法，不過，不管去哪裡，他一定會回家睡覺，所以我的計劃沒有問題。」

「不，以我做項目管理的經驗，第一個要考慮的就是風險。妳這計劃的風險可能在妳那邊，也可能在我這邊，我們無法預演一次，所以不知道。第二，那傢伙比妳年輕超過十歲，反應也比妳快。我不是擔心妳得手後無法全身而退，而是失手，出師未捷身先死。」

140

司徒素珊打開咖啡粉罐準備再沖一杯咖啡時，發現咖啡終於見底。

這罐咖啡好像開了很久都沒喝完，就像美茵走了快三年，但司徒素珊仍然沒有把事情處理好一樣。

她的人生本來有很多期待，像美茵大學畢業、找工作、結婚、生兒育女，但有一天這些期待突然全部消失，變成要找出為什麼。

麗貝卡幫了自己很大的忙。沒有她的話，自己現在應該仍然迷失在黑暗森林裡，苦惱怎樣找出那些混蛋的身份。

所以，她沒有勉強麗貝卡再幫自己。

她雖然有運動，甚至買啞鈴回家練肌肉，但始終是個四十多歲的女人，很清楚自己的體力上遠遠比不上這些中年甚至年輕力壯的男人，所以只能透過利用物聯網裝置的方式智取。

她找到那六個人的背景後，針對每一個人構思最完美的攻擊方案，而且，下手的先後次序和時間間隔都有她的邏輯。

「溫柔死神」汪家禮是害死美茵的凶手，所以第一個被她送上西天。

其後，二〇一九的反對逃犯條例修訂草案運動和肺炎先後來襲，打亂了她的部署。

她想過等待肺炎結束才繼續，但不知道要等到什麼時候。

結果行動整整停頓了大半年才繼續。

對付電動滑板比想像中簡單，她只需要找出他是用哪個品牌的產品就能輕易駭進去。

她在他的自由愛記錄裡輕易找到。

要買到一個品質有問題而且會爆炸的耳機，反而一點也不容易。她在網路上買了至少兩打，才買到有問題的批次。她不知道是不是該感謝那位不肖賣家。

要在劏房裡解決陳德東，雖然要花很長時間準備，但沒想像中困難。在自由愛紀錄上發現那個奇怪的藍牙連接裝置很驚喜，但要用很曲折的方法才找到使用的方法。

對芝士過敏的柳漢華如預料中逃到富多來酒店後，也難不倒自己。

最難對付的是鄧偉。

他雖然在那堆人渣裡收入最低，但家底反而最豐厚，也有能力追逐最新款的手機，自我保護意識也最強。自從三年前因超速被開過罰單後，他就把車賣掉，改搭Uber和其他交通工具。不一定是改過自新，反而可能是發現了可以在交通工具上用手機偷拍女性，回家意淫。

他住的大廈雖然以智慧化自居，但她找不到他身邊有智慧型家電足以構成生命威脅。

最有可能置他於死地的是智慧型升降機。

要對付智慧型汽車和電動滑板都很簡單，網路上不乏資源，只要你願意花時間去找。智慧型升降機的作業系統非常專業，資料傳送並不是靠WiFi來傳輸，要入侵很不容易。

香港不少大廈因為避諱，所以會去掉「四樓」、「十三樓」、「十四樓」、「二十四樓」、「三十四樓」等數字，甚至會把「四」字開頭的樓層全部去掉。

香港西半山干德道39號的豪宅天匯（39 Conduit Road），便因跳層而引發爭議，除跳過不吉利的樓層數字外，三十九樓以上五層竟然分別是六十、六十一、六十三、六十六和六十八樓，六十八樓上面的頂層就是八十八樓。其實大廈樓高只有四十六層。

針對不同大廈的需求，升降機系統必然有客製化的需要。

她追查下去，發現升降機供應商雖然來自外國，但來到香港負責客製化的部份，不論是管理公司方面的控制端，或是由客戶端控制升降機的ＡＰＰ，都是外包給在香港的第三方ＩＴ公司進行，並由該公司負責系統維護。

這個客製化的程序完全沒有難度，只是手板眼見功夫（十分簡單），合約以「價低者得」的方式招標，也由貫徹低價搶客手段的Zigma奪得。

司徒素珊加入Zigma，並不是被分派到和智慧型升降機完全相關的項目，但要從公司內部駭進公司的雲端，對司徒素珊來說，並不是難事。

Zigma的雲端裡擁有的不只智慧型升降機系統的原程式碼，還有各種系統手冊的ＰＤＦ，裡面詳細講解如何利用ＡＰＩ（Application Programming Interface，應用程式介面）讀取乘客紀錄、透過鏡頭看升降機裡面的情況，從乘客的手機瞭解他們的身份和要去的樓層，和最重要的，讓她找到途徑駭進升降機作業系統裡。

她本來以為可以用遙控讓升降機從高處急墜摔死他，但防急墜的機制是自動啟動，無法被作業系統凌駕。

她曾經自以為利用智慧型升降機殺人是聰明絕頂的方法，沒想到廠方高瞻遠矚，早就防堵了種種漏洞。

她可以動手腳的部份，就只限於遙控升降機的門開合，或是遙控升降機前往指定的樓層，但全都無法致命。

不過，有天早上她去跑步，經過一間中學的校門口時，想到了一個可以繞過種種限制的方法。

問題是，操作起來並不簡單，而且需要另一個人協助，也有不小的風險。

她沒有找到藝術大師的下落，相信那人真如麗貝卡所說的，只是一人分飾二角的虛構角色，也隨前五個人死亡那樣消失。

所以，最後一個要對付的，就是鄧偉，雖然有風險，但是她沒有後顧之憂，可以去賭一把。

目前能夠幫得上忙的，只剩下一個人選。

如果她不答應，這條復仇之路就無法走下去，司徒素珊一定要說服她。

141

香港傷殘人士互助會位於灣仔一座舊式商業大廈，裡面有多個國家的領事館和代表辦事處，因此保安嚴密，所有訪客都要登記姓名和身份證。

互助會的辦公室由兩個五百多呎的單位合併而成，業主只收取一年一塊錢的象徵式租金。

沒有何雪妮，這個組織就無法成立，也無法找到會址。

何雪妮戴透明口罩而不是遮去半張臉的不透明口罩，原因再簡單不過：組成她魅力的重要組成部就是她的臉。

曹新一覺得這張臉離她的顏值高峰期時下滑不少，但會比用醫美撐起來耐看很多。

「我們很早就採用遠端工作。」何雪妮帶趙韻之和曹新一參觀。「很多同事受身體限制，不是每天都能來辦公室。」

曹新一點頭。傷殘人士比他們這些正常人更熟悉科技，像巫師就是。不過，這種話留在心裡比較好。

趙韻之提出一大堆討論文化研究的問題暖身，而曹新一則是在認為何雪妮終於放鬆後，才開始出招。

「可以讓我們去看那隻你們和九龍大學合作的義肢嗎？」

何雪妮帶他們去會議室，裡面有五隻義肢，最矚目的一隻沒有金屬部份，皮膚光滑得像有生命，和真人手臂幾乎沒有兩樣。

「我還以為是從真人手上砍下來的。」曹新一讚歎道。陳德東就是用這隻仿真度極高的機械臂，連賓館老闆吉叔和他相處多時都看不出來。

「它是機械手臂項目的第三代產品，賣相很好，上面的肌電傳感器能讀取到手臂肌肉的電信號，從而控制機械手臂的活動，但仍然太重，後來幾代都輕巧很多。」

「沒想到現在的科技已經有這麼高的水平。」趙韻之說。

「可惜這種發明和大部份人無關，所以報導不多，就算有，也沒有多少人會注意，更別說轉發了。大家有興趣轉發的是偶像明星的新聞。」

也包括妳以前那些沒有營養的八卦新聞，妳自己就是新聞女王呀！曹新一心想。「它可以用藍牙控制嗎？」

「可以呀！你怎知道？」

「我猜的，現在很多機械裝置都可以連到網路上，成為物聯網的一部份。」

「對。」

「你們舉辦的開放日，請問有沒有照片甚至影片？」

何雪妮收起笑容。「這問題和文化研究無關，你們來的目的是什麼？」

曹新一不想再拖時間問無關痛癢的題目。

「其實我是私家偵探，不過，我不是調查妳，而是調查陳德東的死因。我相信妳記得他的名字。」

「我記得。你為什麼要查？」

「我們受家屬委託去查。」

「他的家人不是死光了嗎？」

曹新一和趙韻之做過沙盤推演，不認為何雪妮的記憶力會好到這個地步，顯然他們低估了她。

趙韻之道：「這案件涉及一連串凶殺案，妳真的想聽嗎？」

「當然要聽，但聽完不代表我會把事情告訴你們。」

142

看向對面的馬路，鄧偉會以為這間過去常客滿的五星級酒店已經倒閉。門口沒有人聚集，連帶以前幫人開門的門僮也消失，就連頂上十多個國家的國旗都不再隨風飄揚，而是像路人般垂頭喪氣地動也不動。

鄧偉沒有為酒店業者感到可惜。事情永遠要從不同角度去看，人家的不幸，就是自己的好運。

在疫情期間，酒店失去遊客，只能降價並贈送早餐（非自助，在房間享用）吸引市民入住，但客人還是不多。

鄧偉不需要早餐，因為今天的床伴不會留下來過夜。她不是來度假的，只是視這間酒店為時鐘酒店，也一點都不享受。他在她身上衝刺時，她一直閉上眼，像死屍般沉默，完事後就去買菜回家，繼續飾演好女兒的角色。

這女人是空姐，復工無期，雖然單身，卻需要照顧有高血壓、糖尿病和心臟病的母親。他上門見過。老人家年紀不大，只是六十出頭，很年輕時就生下女兒，丈夫早死。兩母女相依為命。空姐租客準備了一筆錢作緊急醫療基金，非必要時絕不動用。

鄧偉喜歡這些為家庭負責也是經濟支柱的女性，不管是慈母或孝順女都一樣。他很樂於用自己的身體包括條撚去身體力行提供協助，給她們機會透過為家庭獻身來找到存在價值，證明自己的偉大，不管是孝順或者母愛。

那多感人！

他很樂意在這些主角面對邪惡時不屈不撓、讚頌人性的善與美的故事裡飾演反派角色。

反派愈邪惡，主角就愈偉大，故事也愈精彩。

鄧偉雖然在女租客的人生裡是反派，但在他自己的故事裡，卻是主角，所以不必急於在事後離開，行事可以從容不迫。

偷情的黃金時間是中午而不是晚上，酒店對他這種午間客人提供靈活調度，把早餐改為下午茶。

他非常喜歡香港人這種靈活變通，就像他向父母說因為疫情肆虐而辭職，他們也沒有反對。

如果疫情拖十年八載，他大可不必再找工作，只需專心去找「以身換租」的女租客。

他享受這種沒有宏大目標的人生。為了賺錢而風塵僕僕連身體都累壞了有什麼意思？不過是資本家心目中的完美社畜而已。他有幾個朋友繼承祖傳的家業後忙到焦頭爛額，結果婚姻失敗，壓力大到想自殺。

他沒興趣當社畜或接班人，只想做無能的紈絝子弟，自由自在地過想過的生活。為什麼要努力向上爬？為什麼要過那麼累的人生？

他只想輕鬆地過日子。

單親媽媽黃頌詩也一樣，她的反應在剛開始時也和空姐租客一樣是死魚，但隨著他們去酒店的次數增加，她的話愈來愈多，後來甚至向他抱怨以前職場上的人和事，例如公司雖然說重視家庭友善和work-life balance，但實際上是另一回事。

即使晚上十點，她一樣會收到高層的短訊，必須在短時間內回覆。

即使她是單親媽媽，也要頻密地出差。

即使是假期，她也要在家開視像會議。

「我現在反而有最多時間和女兒相處。」

她有時也會談及Brenda的生父。

他們沒有結婚，只是同居。那個男人在她懷孕期間劈腿後跑掉，連一天父親的責任都沒有盡過。

鄧偉不確定她是否把他當成炮友，但懷疑她是透過這種態度的轉化，模糊和他之間的關係，建立一套心理防衛機制，安慰自己並不是被逼和他發生性行為。

心理學家說有些被誘姦的女孩子甚至會和誘姦者交往，以給自己洗腦：我是自願，不是被強逼。

這種做法正好被他利用。

他沒有虧待黃頌詩，每次和她去的都是半島、文華東方、四季等香港頂級酒店（有次更在走廊碰到某著名導演和戴上鴨舌帽的超漂亮年輕女子準備進房間「研究劇本」）。完事後也會和她去餐廳吃大餐。萬一不幸鬧上法庭，他就能以「我們每次做完愛都一起去吃飯，這怎會是強姦犯和受害者之間的關係？」為由開脫。

他對她不是沒有戒心。她的態度可能不是自我矇騙，而是偽裝，讓他沒有防備，掉進她佈下的陷阱裡。

女人和誘姦她的男人交往，甚至結婚，然後，展開眞正的報復。

她的財政狀況雖然遠遠不及他，但始終是個比他大十歲的女人，江湖經驗比他豐富很多。你怎知道女人在打什麼算盤？

至於那個叫朱嘉婧的女人，被緊急送醫急救後，昏迷了整整四週才清醒。

不過，醫師評估她的情況極度危險，能夠挺過來的機率只有百分之十，因此用人工的方式讓她繼續昏迷療養。

由於疫情，她在外國的遠房親戚無法回港探望。她在香港的朋友都不符合探望的資格，或者，不想探望一個和死了沒有兩樣的人。

她應該沒有同黨，否則早就來找他麻煩。

他希望她孤獨地死在ＩＣＵ裡。She deserves it。

第十三章／四枚值得自豪的勳章（2020）

143

「先生，你的魔法晚餐來了。」

女僕咖啡店的工作比想像中辛苦很多。

小珍本來以為這裡的工作性質和在餐廳裡做侍應差不多，只是穿著裝可愛的女僕制服走來走去，但其實和客人的互動很花時間，也需要很高的人際關係技巧。

每樣食物放到桌上時，都要變魔法。不只自己要面帶笑容，還要讓客人滿意地笑著離去，不能用她爸罵她的「成日西口西面[4]」去招待客人。

女僕咖啡店根本是迷你版的主題樂園，而她們這些女僕就是吉祥物。

美茵，如果妳還在，說不定會覺得這個職業很有趣。這裡有很多符合妳年齡要求的大叔，不過，妳會嫌人家太肥或太宅！

小珍覺得女僕是種介於侍應和夜店公關的奇怪職業，連大學教授都不知道實際操作。

她可以斷定，那些高高在上，擁有崇高社會地位的教授們，人際關係技巧還遠遠比不上女僕。

就像她要把其實平常不過的肉醬意粉（義粉）加蛋放在桌上，用番茄醬畫上太陽，再和西裝筆挺的中年客人一起唱「魔法晚餐棒棒棒」，為食物注入魔法後，才能回廚房取下一道魔法晚餐。

以前有些女僕咖啡店裡的食物都是由女僕製作，可是她們這一代的女生廚藝太差勁，連簡單的蛋包飯都不會做。所以，表姊從一開始就決定女僕只需專注在與客人的互動，所有賣相可愛的食物都由根叔負責，她們只要替食物加圖案和魔法就夠了。客人看到後製過程，就會覺得整份晚餐都是由女僕製作，也會心滿意足。

盈盈表姊說，根叔不到二十歲就在茶餐廳擔任廚師，工作了三十多年後，茶餐廳老闆因年邁而結束業務，根叔受不了大半輩子被逼聽伙記的滿口髒話，就轉來這個有美少女的工作場所。

「他會有問題嗎？」小珍提高警覺。

「什麼問題？」

「性騷擾或者摸手摸腳之類的。」

「我認識他好多年了，是個可愛的老男同。」表姊笑道。「我鼓勵他出櫃，不要因為

4 西口西面：即「整天擺臭臉」。「西」指女性私處。

性向而自卑。現在二十一世紀都過了二十年，他像還活在上世紀，聽到女僕講髒話時被嚇壞了。他說他那代的女人只會在罵人時才講髒話，不會當成日常用語或者用來打招呼，對男朋友說『你條撚樣（你這雞巴樣）』來打情罵俏。」

根叔年輕時因為性向和大部份人不同，為免驚動同輩和家人，所以沒有出櫃。不料年輕人比他們勇於表達自我，於是他和司徒素珊一樣，因年輕人在思想和行為上的世代差異而感到強烈的衝擊。

在不斷改變的世界裡，新世界和舊世界的世代並存。等到小珍這代人不再年輕，就要接受下一代年輕人的想法帶來的衝擊。

這裡的客人都很純情或裝純情，如果他們知道魔法晚餐出自一個男同性戀大叔之手，不知道有什麼感想？

下班前，小珍收到司徒素珊的短訊。

「我做了很好吃的點心，今晚幾點上來我家吃？」

這不是司徒素珊一貫的說話方式，以前她會問「什麼時候有空？」那種可以容納不同答案的問題。現在這種詢問方式有技巧得多。不管「幾點」，司徒素珊都要她今晚過去。

小珍不認為司徒素珊是單純邀她吃點心，上次司徒素珊用這語氣時，就是要她幫忙跟蹤，這次情況應該差不多。

自從在女僕咖啡店上班後，小珍下班後就累得要死，再沒有力氣和司徒素珊一起夜跑。

「我九點到。」

144

何雪妮掩口，半晌說不出話來。

這個天不怕地不怕的女人雖然和死神交過手，但從來沒想過那些謀殺手法。

「遙控機械手臂的人，當時在哪裡？」

「在相鄰的另一間賓館。」曹新一答。「雖然我們找不到證據，但機會很大。」

「隔著牆控制藍牙把死者勒死？」

「對。」

「隔著牆就看不到他，怎麼去控制那義肢？」

「簡單，他們送了一對近場聆聽的藍牙喇叭給他，但那其實是內藏鏡頭的針孔喇叭。這種捉姦神器在深水埗鴨寮街就能買到，有夜視功能。那個針孔就對著他。不過，我同樣沒有證據，我問過賓館老闆，他把那對喇叭賣了，找不回來。」

「但機會很大。」何雪妮點頭。

「我回答了妳很多問題，請妳告訴我具體來說怎樣控制那義肢。」

「很容易，那個手臂的作業系統是開源，任何人都可以免費下載。控制那隻手臂的腦波儀在網路上很容易就找到，就是現在小學生在STEM上使用的那些。」

曹新一猜對一半了。

「沒想到要付的錢這麼少！」趙韻之插嘴說。

「對，這樣才能造福人群，很多傷殘人士都是弱勢人士，收入不高。」

曹新一看著身穿長褲、衣着光鮮的何雪妮。她這種傷殘人士雖然不是萬中無一，但並不是常態。

其實她可以不幫比她不幸的人，而是去發展自己的事業賺大錢，或者在大學任教，她去到哪裡都會受歡迎。

「我想知道有什麼人來妳們的開放日，因為一般人不知道那個智慧手臂的操作，在網路上也找不到資料，如果要瞭解，最簡單的方法就是在開放日參觀，體驗智慧義肢操作。」

「開放日來的都是家屬。外人絕無僅有，去年才第一次出現，是兩個女人，一個四十出頭，一個二十出頭。她們說自己是因為好奇而來……不是對我，而是對義肢。」

曹新一沒向何雪妮透露過嫌疑犯是女性，但這兩個參觀者都是女人，到底真的是她們還是巧合？

「有沒有她們的名字、聯絡方式和照片之類的？」

「來這裡不用登記，所以沒有。」何雪妮聳肩。

「沒有拍照？」

「也沒有。你覺得我們的同仁身手很靈活嗎？」

曹新一大失所望。

「不過，身為一個很有好奇心的人，我去跟管理處索取了登記名冊來看。」何雪妮笑道。

曹新一和趙韻之交換眼神。與其說何雪妮很有好奇心，不如說她很有防人之心，擔心被來歷不明的人接近。

何雪妮回去座位，喚醒電腦，用「開放日」的標籤，不用十秒就找到登記名冊那一頁的照片，照片裡的手指指著兩個名字。

「司徒素珊」和「戚小珍」。

「管理處怎會給妳看？」趙韻之問。這是有身份證號碼的紀錄，給租戶觀看就是侵犯訪客私隱。

「因為我是何雪妮。」她抬頭注視兩人，露出招牌的漂亮笑容。

離開商業大廈的門口後，趙韻之對曹新一說：「你剛才一直盯著她的臉看。」

「因為她是何雪妮呀！我很克制自己。不少人在討論區留言說，見到她的義腿就已經興奮起來。」

「我記得，那種變態的討論，你少看為妙。」

「那是妳傳給我的。」

「也是人家傳給我的。」趙韻之尷尬地答。

曹新一慶幸，在自己身邊的是和他心意互通的趙韻之，而不是只能上床不能見光的紀曉芳。

不，紀曉芳提供的遠不只身體，她幫他撐過最艱難的日子。

不知道紀曉芳現在怎樣？她和丈夫的事情能順利解決嗎？

他想過發訊息去問她，可是怕若重新聯絡，又會忍不住出來見面、上床，再次糾纏不清。

她叫自己不要再找她，她會活得好好的。

「你也要好好活下去，好好愛護你的女友。如果你要DIY，就找我……年輕時的照片，那時我比較漂亮。」

然後兩人笑出來。

笑中有淚。

「當年你坐牢的事，早就被大眾忘得一乾二淨。」她又說：「就算告訴別人，說不定大家的反應就是『不過是鼻屎大的事，不知道被彈到什麼地方』。」

「希望如此。」

可是他始終不敢把經歷老老實實地告訴趙韻之，那個衝擊太大了。

「我很餓，要不要去吃下午茶？」

145

幾個月沒見，司徒素珊不只頭髮剪得更短，連身形也結實不少。

「妳還好嗎？」小珍問。

「很好呀！進來再說。」

小珍和以前一樣，進去廚房幫忙端碗碟。

司徒素珊小時候家裡經濟條件不算很好，小學時就要進廚房，廚藝比起同齡人出色很多。小珍和美茵這代人出生時，大部份香港人都生活富足，在家人或外傭無微不至的照顧下，喪失煮食的能力，只要比泡麵複雜，就沒有能力處理。

司徒素珊的父母來自上海。這天她做的就是上海點心，如小籠包、生煎包和雞粥，不只美茵愛吃，小珍也一樣。

「我好久沒嚐到妳的廚藝了。」

「那就多吃些，不用客氣。」司徒素珊挾了個生煎包給小珍，也盯著她的臉。「妳好像變瘦了，我會害妳變回胖的嗎？」

「可以享受妳做的美食，就算變回原狀我也不介意。」

小珍自從在女僕咖啡店上班後就刻意瘦身，也注意打扮，效果顯著，變得比以前漂亮，但永遠也比不上美茵。

吃完點心，司徒素珊帶小珍進去美茵的房間。

小珍從幼稚園認識美茵時就常來這個屋子玩，兩人的童年和少女時代有不少日子是在這裡度過，像是在廚房裡做蛋糕，甚至一起洗澡。

每個角落都有她和美茵的歡笑聲。

美茵走後，和她一起待在房裡的，就換成司徒素珊。

「上次幸好有妳跟蹤住在賓館的那個人。」司徒素珊的表情非常嚴肅：「現在又有我一個人做不來的事，希望妳這個美茵最好的朋友能夠答應我。」

「有危險嗎？」小珍問。

「沒有，只是有點風險，但要面對的不是妳，而是我。」

小珍本來很樂意幫司徒素珊和美茵的忙，可是聽完司徒素珊說明整個流程後，她就遲疑了。

「妳的風險太大了。妳怎肯定可以控制升降機呢？」

「我每天深夜都試，可以輕易控制。」

「妳從樓梯離開時是用走還是跑的？」

「當然是用跑的，我算過時間，不用一分鐘就可以抵達大堂。」

「附近沒有閉路電視嗎？」

「我最近去過現場考察，附近的大部份商戶一是結業，一是暫停營業，也就是沒有閉路電視。」

「那大廈的管理員會指示外送員搭訪客專用升降機，妳沒有機會和他搭同一部。」

「我會讓訪客專用升降機剛好壞掉。」

「到時妳怎樣確保升降機裡只有他跟妳？」

「那棟大廈很多住客喜歡躲在家裡，很少出門。此外，我看過他搭升降機的紀錄，他由於警覺性很高，不喜歡和其他人一起搭升降機，除非對方是女人。」

「竟然有這種混蛋！」

「妳看，我做的部署非常仔細，這件事情我一定能做到。」

小珍不懷疑司徒素珊為女兒復仇的決心和能力。一個年輕的未婚媽媽能養大一個女兒讓她考進香港的龍頭大學，就證明她過人的韌性和堅強。

「到實際操作時，樓梯可能有其他人，拖延妳一些時間，又或者妳跑時閃到腰或扭傷腿走不動，就會被抓到。」

「到時妳就幫我把我的信在網路上公開，我稍後寫給妳。」

「妳會被控意圖謀殺，坐好幾年牢，甚至終身監禁。」

「所有事情都有風險，這次的風險在可以接受的範圍內。」

「為什麼要這麼複雜？不可以簡單點嗎？像在他的外帶裡下毒！」

「他很謹慎，現在外帶不會用外送員，一定是自己去拿，而且每天都去不同的餐廳買，抵達時才點餐。小珍，妳聽我說，我思考過很多方案，現在這個是唯一可行的方案。」

小珍說不過司徒素珊。司徒素珊下定決心做的事，沒有人阻擋得了，美茵遺傳了這一點。叫她不要約炮，就怎樣也不願放棄。

小珍上次說服不了美茵，結果美茵成為獵物，這次不能再讓司徒素珊去送死。

「妳的方案很好，但我想到一個風險更低的做法，就是對調我們的角色。妳在這裡控制升降機，我去行動。」

司徒素珊睜大眼睛。「不行！他見過妳！」

「幾年前只見過一次，怎會記得？妳想太多了。」

「妳有大好前途，不值得冒險。」

「妳熟悉升降機系統，我年輕也跑得比妳快，這樣才是正確安排。妳說風險在可以接受的範圍內，我出動的話風險只會比妳更低。」

「美茵是我女兒，母親為女兒報仇天公地道。」

「美茵是我最好的朋友，我為她報仇也合情合理。整個行動的執行需要理性，也就是我提出的修改版本。」

司徒素珊無法反駁小珍。

自美茵出事後以來，小珍從怕事逐漸變得勇敢，敢於冒險。

她從本來打算畢業後進去酒店安安穩穩做一輩子，變成自己想辦法生存，think out of box。

她去女僕咖啡店工作後，性格變得開朗，身形也沒以前那樣臃腫。

如果是小珍出動，風險確實是會降到更低，可能連麗貝卡也認同。

美茵不會有這種改變，也無法看到她好友的改變。她的人生永遠定格在二十二歲那年的春天。

可是，司徒素珊從來沒想過要由小珍出馬。

「妳不是像我這樣隔著個網路，而是和那人面對面。我擔心妳臨場背負的壓力，那是妳現在無法想像的。」

「我見過他，所以更不怕他，這是我有而妳沒有的優勢。」小珍語氣堅定。「如果放任他這種混蛋不理，就等於放任豺狼屠宰羊群。那些女孩愛玩，為追求身體自主而冒險，即使在有些人眼中是傷風敗俗，但不應該被污名化，更不應該成為豺狼的點心。羊群有權在草地上過自由閒散的生活，所以，豺狼必須為自己的狩獵付出代價。雖然沒告訴過妳，但只要可以替美茵報仇，什麼事情我都可以做，也早就有心理準備。」

146

星期六下午五點，鄧偉去酒樓買飯盒回家一個人吃。

他不會在週末和假期約租客去酒店打炮，而是放手讓她們和家人享受天倫之樂，他甚至提供好幾條郊遊路線。

「如果妳需要司機載妳和家人去玩的話，可以找我，我可以開車帶妳們玩一整天，不用和我計較。」

誰說他這個反派角色沒有仁慈的一面？

反派角色遠比很多人想像的還要複雜。

他出租的十七個物業，全部租客都是單親媽媽，只要一半有經濟困難，他就可以向八個單親媽媽提供援助，就算每晚一個，從星期一到星期五都可以操不同的屄，甚至下午和晚上各一個，夠他的屌忙個不停。他看見柳漢華真身時覺得那人如果不吃偉哥就會不舉，所以要趁自己年輕力壯時多給大屌機會發揮。

父母親看重的是物業長遠的升值能力，拖欠一年半載的租金並不會構成財務負擔，反而會認同他熱心助人，扶助弱小。

他回到大廈大堂門外時，發現一個揹保溫袋的女性外送員。她戴上口罩和鴨舌帽，從頭髮光澤度和眼角光滑度判斷，應該很年輕。

她尾隨他進入大廈。

訪客專用升降機剛好壞掉，正合他意。

管理員指示她搭另一部升降機，鄧偉裝出好心說：「不用，她在趕時間，我不介意她和我一起搭。」

她向他點頭致謝。

她的右手一直伸進保溫袋裡，應該是保持食物盒的平衡。可憐的女人！

他幻想她因為失業而由ＯＬ轉型做外送，也付不出租金……他跟在她後面，跟著她進入升降機。智慧升降機會自動偵查到他住在頂樓。

「妳去哪一層？」

「三樓。」

他替她按鈕後，退到升降機後面的角落。在自己住的大廈裡，他很樂意飾演一位紳士。

升降機關上門後，緩緩上升。他站在她後面，沒有留意緩緩跳動的樓層數字，而是上下打量她。

她的屁股很翹。他很想和她玩狗仔式（後入式），從後面猛烈撞上去。

她一直盯著手機，把手伸進保溫袋裡，並沒有回頭看他。

小珍一直用電話和司徒素珊保持連線，這是司徒素珊規定的，她要掌握小珍的位置和活動。

那個混蛋進入升降機後，如司徒素珊所說，一直站在她後面，估計在上下打量她，甚至意淫她。

但她一點也不害怕。

你這混蛋的生命正在倒數。

升降機的門在三樓打開，小珍走出後回過身來，這天第一次和那個混蛋的視線對上。

幾年前她就見過他，當知道他不是自己要找的人時，放下心頭大石，沒想到，他還是和美茵的死有間接關係。

這就像司徒素珊說的：「只要做過，就一定會被找到。」

她會是他死前見過的最後一個人。只要執行司徒素珊的指示，他很快就會成為屍體，她也會成為殺人犯，可能一輩子被警方追捕，甚至坐牢。

機廂抽氣扇停止運作時，他抬起頭去看。

她沒有在最後一刻改變想法，用戴上隔熱手套的右手按下小瓶的按鈕後，快速把小瓶丟進升降機內。

他一如所料地望向掉在地上發出「哐」一聲的小瓶。

升降機門同時關上。

小珍在收得愈來愈窄的門縫裡看到一股白煙從小瓶裡冒出。

就算他想伸手去按開門鈕，也會被司徒素珊遙控的關門指令蓋過。

鄧偉看著那女人向升降機裡丟進一個小瓶，還來不及反應，小瓶已經冒出一陣極寒的白煙，和隨之而來的冰冷感。整個升降機的氣溫急速下降。

他伸手去摸小瓶，卻馬上感到一股夾帶痛楚的冷意從小腿和手臂竄遍全身，同時讓他感到前所未有的呼吸困難。

他不停地咳嗽。

他有信心這部升降機就算失去控制，也有「防下墜裝置」保護，不會從六十樓跌到地面，所以在裡面其實很安全。

不過，有人想到怎樣利用智慧型升降機殺人的方法。

小珍沒有停步，升降機的控制權在司徒素珊接手後，她要做的就是往左邊跑，推開兩道防煙門（安全門），再以前所未有的速度走三層樓一共一百一十三級樓梯。

為了習慣跑樓梯，她花了一個月的時間，跟著司徒素珊夜跑，不只增強肌肉的爆發力，也讓肌肉習慣往下跑。

司徒素珊關掉升降機內的錄影功能，也取消了升降機的各種意外提醒。那個機廂的門雖然無法打開，不再抽氣，裡面也沒有燈，但一直上升至六十樓頂樓，也就是本來的目的地。

地下大堂的樓底高，所以樓梯特別多。小珍抵達大堂時，沒有馬上推開防煙門，而是等收到司徒素珊的短訊說「上去了」才推開門。這表示司徒素珊從另外一部升降機的閉路電視看到大廈管理員上去頂樓。

剛才在大堂見過小珍的人就只有這個管理員，她可以從容不迫地離開。

大廈外面接連好幾家店都因疫情而關門大吉，所以小珍的逃亡路線不容易被發現。

小珍鑽進附近一條後巷，將外賣員制服和鴨舌帽收好，放進背包，把摺成手掌大小的輕便外套披上，再向司徒素珊發了個訊息報平安後，在巴士站搭上第一架到站的巴士。

這時司徒素珊才重新啟動升降機機廂的燈光、抽氣扇和錄影功能，但升降機門仍然緊閉。

她看到升降機裡一片白霧，像一個大冰箱。

抽氣扇把白霧抽光後，她才居高臨下地清楚看見鄧偉倒在地上，雙手緊抱著自己。

智慧型升降機能探測溫度，這時裡面只有四度。鄧偉穿單薄的夏季衣物在裡面待了超過五分鐘，維持這個姿勢直到最後一刻。

網路上的專家說，在這種密封環境裡的人一開始就會凍死，不會感受到缺氧的窒息和其他痛苦。

太便宜他了。

這棟智慧大廈的居民不會想到這個他們引以為豪、送他們上去如天堂般美好的家的升降機，最後竟會成為其中一個住客葬身的地獄。

147

小珍認為戴口罩很難被認出，但司徒素珊堅持要她從迂迴的路徑回來，用不同的八達通，先從九龍的土瓜灣去新界大西北的屯門，再由屯門搭巴士去大嶼山的東涌，最後由東涌搭巴士返回香港島的天后。

這趟超長的路程讓她很不安。不管是哪種交通工具，在夜裡的乘客都不多。大家都像抱著今日不知明日事般的想法，因此沒精打彩。

就算世界末日降臨，也不過如此。

她很想回頭看有沒有人跟在後面，但司徒素珊叫她不要，這只會引起其他人的注意。現在大家都戴口罩，就算被閉路電視拍下，也很難認出來。以前還能說透過其他商戶門口的閉路電視接力追蹤，但現在很多商戶都倒閉了，連鎖追蹤鏈已經斷掉。

只要她在開頭五分鐘沒被盯上和跟蹤，接下來就很安全。

小珍不是用她平日那部笨重的大螢幕手機，而是螢幕很小也很輕的廉價二手機，不會在她剛才跑樓梯時給她太多額外的負擔。這天的行動需要動用四部手機。每換一個交通工具就換一部手機和一張八達通，不能被數位追蹤。

她最後上了長途巴士啟程回去天后，同站上車的只有她一個人。

她想坐在下層最寬鬆的位置，也就是在大車輪上的雙人座位，但還是聽從司徒素珊指示走上上層，坐在後面，再拿出手機滑新聞。

「一個年約三十歲的男人傍晚在其位於土瓜灣的大廈疑遭謀殺。大廈管理員指出，一個女人假扮送餐員和他一起乘搭升降機後，在三樓離開。升降機門其後疑遭駭客遙控關上，連管理處和管理公司亦無法打開。消防員於十五分鐘後抵達，強行打開升降機門後，發現男人已經死亡，初步死因是二氧化碳中毒。」

這新聞像病毒般迅速在社交群體上擴散，轟動全港。司機和其他乘客都不會想到凶手就坐在巴士上。

到底他是死於低溫或二氧化碳中毒？

她不是專家也不敢肯定，只要他死掉就可以了。

她把所有相關新聞和留言都掃過一遍才抬頭，發現巴士已經鑽入西區海底隧道，從九龍前往香港島。

終於……漫長的一日終於結束，望見家鄉了。

只是，沒想到隧道那種漫長得像不見盡頭的密封空間，竟然讓她感到窒息。

警方會不會在香港島的隧道口設下路障或埋伏？

想太多了。

她順利在天后下車，再走十五分鐘回炮台山前往司徒素珊的家。司徒素珊準備了兩人份的「慶功宴」等她歸來。

這個「慶功宴」並不是大餐，而是司徒素珊做的三道美茵喜歡吃的家常小菜：上海燻魚、四喜烤麩和炒年糕。

餐桌上放了三人的餐具和酒杯，還有一個相框，裡面是美茵在奧斯陸的照片。

美茵說那是她這輩子最快樂的時光，在遙遠的北歐國家找到這輩子的第一次自由，包括行動和想法上的自由。

「我就說，這事的風險很小。」司徒素珊道。雖然復仇成功，但她臉上沒有特別喜悅的表情。

「我覺得只是好運。」小珍回想。「剛才跑樓梯時，我幾乎腳軟。」

但她不敢握扶手，怕留下指紋。

如果被捕，就算在庭上坦白一切，陪審團也不會認可她們為報仇而殺人是合理。文明社會不接受這種私下解決的報仇，除非犯人經過法律裁決，用刑罰來進行公開的報仇。

如果她們要避過刑責，就只能不被抓，所以司徒素珊才會一直要用物聯網這麼迂迴曲折的方式去行動。

除了這一次，實在無計可施，不得不和對方面對面。司徒素珊可以控制的，就是避免肢體接觸。

小珍曾經以為乾冰的來源最麻煩，沒想到其實很簡單，而且不用付錢。

司徒素珊在炮台山跑步時，見過一架乾冰車開上校區，繼而發現炮台山一間中學的物理科老師每個月都向乾冰公司購買乾冰，在STEM的工作坊裡做實驗，並在YouTube上分享教學影片。

學校門口是巴士站，乾冰車為了避開學校區交通繁忙的時間，簡化交收程序，會在早上十點至十點半之間把裝了乾冰的發泡膠盒（保麗龍盒）放在學校門口，沒有正式的交收程序（點交環節），也許就是拍照留下紀錄，和一般送上門的速遞一樣。

不同的是，乾冰放在學校門口時已經開始融化，直接昇華成二氧化碳煙霧，校工要戴上手套把乾冰拿進去，以免凍傷。

那天司徒素珊搶先在校工收貨前「借用」乾冰，用冰夾把乾冰挾進她手上能自動洩壓的小號乾冰桶裡據為己有。

那天晚上，物理科老師在ＩＧ和臉書上呼籲「貪玩的朋友」歸還乾冰，並提醒小心處理乾冰，否則會有致命風險。他又說，學校門口的監視器「剛好」壞掉，正在找人檢查。

那個乾冰桶是司徒素珊差不多一年前在網路上買回來的二手貨，用假身份和現金交易。警方無法追蹤到她。

小珍和司徒素珊沒在現場留下指紋，連數位指紋也沒有留下。

不過，小珍知道這天的慶功其實言之尚早，警方的調查才剛剛開始，天知道她們會不會留下連她們都不知道的線索可以被警方抓到？

鄧偉被殺的新聞在臉書和各大討論區洗板，並迅速成為國際新聞。

香港人早就對疫情新聞感到厭煩，這宗凶殺案給人耳目一新的刺激。各大小YouTuber爭相把事件拍成影片，希望賺一波廣告費。

深夜下了場大雨，把街道洗刷得非常乾淨，把所有黑暗和邋遢的東西都沖進污水渠裡。

司徒素珊早上去跑步時，空氣中散發著一股清新的味道。整座城市像換了個新的靈魂，給人帶來希望。

麗貝卡看到新聞時，覺得司徒素珊真是賭徒，但也為她賭贏而暗暗高興。

小珍繼續去女僕咖啡店工作。她不認為自己具備成為殺手的潛力，但她認為，司徒素珊不會想不到別的方法去幹掉鄧偉，只是想用缺氧的方法讓他死於痛苦的窒息。萬一失手，就和他同歸於盡。

148

雖然說在酒店房間裡不可以煮食，但曹新一和趙韻之不會乖乖聽話，用迷你電飯煲煲飯煲粥。

趙韻之煲的皮蛋瘦肉粥始終不夠綿，看來就是米飯一粒粒的潮州粥，像湯飯多於粥，吃起來的味道也不夠濃郁，和粥麵店的出品有巨大差距。以一個學煲粥超過三個月的文學博士來說，證明她沒有煮食的天份。

曹新一是在一邊吃這個「皮蛋瘦肉湯飯」當宵夜，一邊滑臉書時看到升降機離奇命案的新聞，覺得不對勁，馬上去查鄧偉的住址，確定是他沒錯。

本來放鬆心情準備睡覺的趙韻之，瞄到他的筆電螢幕。

「你認識的人？」

「對，妳說的那個自戀狂。」

她變得緊張起來。「要不要通知你上司？」

「不用，他怎會不知道？他會說這案件和我們無關。」曹新一繼續吃湯飯。「我本來就覺得這傢伙會成為下一個目標，只是沒想到是用這種方法。」

晚間新聞更新。

「【即時新聞】……警方懷疑乾冰桶裡曾盛裝乾冰。九龍大學物理系李愉翠教授表示，乾冰是固態的二氧化碳，只要在常壓下溫度高於攝氏零下七十八度左右就會昇華成氣態，體積膨脹到原來的八百倍。一．五公升的乾冰揮發後的二氧化碳份量足以填滿整座升降機，令乘客窒息。部份國家對用交通工具或升降機運送乾冰有嚴格指引。」

「二〇一八年，一個美國老婦在私家車內缺氧死亡。死因是她五十一歲的兒子把四個運送雪糕的冰桶遺留在車內，桶內仍然儲存著乾冰。」

第二天中午的新聞更新。

「……法醫抽取死者血液分析後，確定死者死於二氧化碳中毒。由於大廈管理公司無法提供大堂錄影紀錄，警方正循乾冰來源追查。」

「姓鄧的死者與家人在香港擁有多個物業，全部都已租出。有網民在討論區透露，她曾是其中一名女租户，死者生前暗示失業的她用身體抵租金。她拒絕後，已和兒子搬走。」

「本台記者前往死者的物業聯絡多個租户，大部份拒絕受訪，唯一受訪的表示自己收入穩定，沒有繳交租金的壓力。」

「有網民推測，這案件和早前自由愛受害者互助組主席朱嘉靖滾下長樓梯重傷的案件有關。警方拒絕評論，但譴責一切暴力行動，表示會盡全力緝凶。朱嘉靖目前仍然留醫（在住院中），尚未回復清醒。」

「『以性代租』即sex for rent，自新冠疫情爆發導致失業潮後，在世界各地出現。由於欠缺大規模的問卷調查，受害者數量無法估計。」

鄧偉的IG帳號被公開，裡面雖然沒有拍到他的臉，但一大堆奢侈品的照片證明他的精神生活非常貧乏，需要豐富的物質生活去填補空虛。

不只一人在討論區自稱認識鄧偉，說他喜歡炫富、約炮，曾和外貌清純的「毒玫瑰」一夜情後染上梅毒、皰疹、菜花和淋病等四種性病，而且在治療期間還繼續約炮。

「他的死引來網民一片叫好。」趙韻之一邊滑手機一邊說。

「誰叫他同時收集了『以性換租』、『炫富』、『炮王』、『性病男』四枚值得自豪的勳章？」

「如果沒有爆出來，這種有錢有女的傑出青年應該成為你們男人的偶像吧！」

曹新一斜睨趙韻之。「但我應該要下輩子才有這福氣。」

這案件離他的想像愈來愈遠。

現在全香港最瞭解這案件內情的兩個人，說不定是自己和趙韻之。當然，他們不會上討論區發帖或留言。

鄧偉生前幹過的「好人好事」實在太多，罄竹難書，警方表示難以找到緝凶證據時，獲得廣大市民支持。

全城的女人都討厭鄧偉，但他不是沒有粉絲，YouTuber就一邊拍片罵他一邊賺流量變現。

「升降機出意外後，負責維修的工程公司聲稱會在一個月內向機電工程署提交調查報告。他們說重視安全是一回事，但實際又是另一回事。」

「去年外國網路安全公司發現這個型號的智慧型升降機的保全漏洞層出不窮，有些是硬體問題，有些是軟體，特別是手機ＡＰＰ的問題最多，但漏洞至今仍未清除完畢，因此多次成爲駭客勒索的攻擊目標，令升降機和網路失去聯繫。」

「最常見的是無法關門，或無法開門令他們受困，或一直送他們去錯誤樓層，但廠商和工程公司一直否認，只說是意外，是機件故障。你們信嗎？」

149

下午四點，曹新一抵達鄧偉身亡的豪宅外面調查。

由於「凶手」假扮送餐員潛入大廈，現在管理處要打電話給住客，確定是外送後，再放送餐員上去，而且，要抄下身份證號碼。

整個送餐流程被拖慢，但住戶都沒有怨言。會抱怨的是送餐員，他們送單的時間被拉長，變相少賺了錢。

有些送餐員看到派送地址，都寧願不接單。後來外送公司的ＡＩ乾脆禁止派送往那棟大廈。

大廈外面沒有警方把守，倒是有些好事的YouTuber拿鏡頭自拍，或者拉一組人馬來拍。大家都保持距離，以免違反俗稱「599G限聚令」的第599G章《預防及控制疾病（禁止聚集）規例》。

曹新一和他們這些YouTuber也就是連業餘偵探都稱不上的人不一樣。他思考的不是怎樣把影片說得生動有趣，怎樣吸引流量，怎樣加入業配（他只想到運動鞋廣告，宣傳說「買優質運動鞋去跑樓梯就不用搭升降機」），而是那個凶手為什麼敢做出這麼大膽的行動。

即使這事做起來非常專業，但只是行外眼中的專業。找駭客控制升降機，用乾冰把人殺死，避免和對方埋身肉搏，並不是一個專業殺手會做的事。

如果鄧偉衝出升降機，抓住那個女人，或者那個女人在樓梯間跌倒，或者大廈管理員沒有離開管理處，其他人見到她從樓梯離開時把她攔下來……任何一個環節出錯就會被捕。

這個謀殺能夠順利展開，幸運佔很大成分，不，根本就是走狗屎運。除非金錢回報很大，沒有職業殺手會冒險承接這種案件。

「一個智慧型升降機要耗費幾百萬，不太可能換掉。」一個YouTuber在做直播時高談闊論。「這宗謀殺案會不會影響這棟豪宅單位的售價？我們會在今晚十點推出的影片裡給大家分析，請大家準時收看。」

在這類涉及人命的案件裡，香港媒體不關心凶手的犯案動機，或自殺者為何自殺，而是一條人命如何令樓價貶值。這不只悲哀，也是香港人的恥辱。

YouTuber也沒有好到哪裡去，世界各地的YouTuber關注時事特別是罪案的最大理由，是把觀眾的好奇心化為流量也就是現金流，並努力刺激觀眾增加不必要的好奇心，因此，八卦娛樂和陰謀論都是YouTuber的最愛。

娛樂至死。

那是趙韻之每年都拿來做教材的經典著作，中文版的副標題是「追求表象、歡笑和激情的媒體時代」。

「這是幸災樂禍的時代，就算網民無法從中獲得金錢回報，也可以從發表意見裡獲得關注和認同，部份人因此晉身KOL。」有個KOL說過。「這也是意見滿天飛的時代，你以為你有思想上的自由，想法是你自己深思熟慮的結果，但其實被洗腦都不自知。」

150

【本報訊】在土瓜環遭乾冰以二氧化碳中毒身亡的男子鄧偉，在進行解剖驗屍時被發現身上帶有二〇一九冠狀病毒。

接報到場的六名警員由於當時僅戴上口罩，沒有其他防護衣物，需要進行病毒檢測及在家隔離。

整棟大廈目前被圍封，居民在四十八小時內不得離開，並須接受強制檢測。過去十四日曾身處相關大廈的人士亦須接受強制檢測。

151

小珍發現自己有呼吸困難等肺炎症狀時，曾考慮打電話和司徒素珊討論是否要去醫院，擔心被病毒基因排序追蹤到傳播鏈，警方會順藤摸瓜地發現她和鄧偉的死有關，最後她和司徒素珊會因此被捕。

——就算千方百計想要避開調查，利用匿名的方式透過物聯網殺人，連數位足跡也不留下，但沒想到仍然棋差一著，無法避開病毒感染的基因排序追蹤。

可是她沒有力氣多想。她一家四口似乎都被感染，爸爸當機立斷致電求助，救護車很快來到，把他們一家送去醫院。

她和家人被分隔在不同的隔離病房，無法聯絡。她要用呼吸機去呼吸，每一口氣都像得來不易，隨時會失去。

當一個人連能否活下去都不確定，就沒有力氣去想會不會被警方發現。就算被發現，總好過活不下來。

這種死神逼近的情況像三個月那麼長，甚至彷如永恆。

三天後，她從隔離病房轉去ＩＣＵ，最後轉去普通病房時，才有機會再接觸智慧型手機，再次連上網路世界。

醫管局醫生在疫情記者會裡表示，鄧偉生前是個性活躍者，除了要求拖欠租金的女租客「以性換租」外，也不排除參與援交，因此他的密切接觸者非常多，構成一個非常大的傳播鏈，除了第一代，也出現了二代和三代，難以追查源頭。

鄧偉的好幾個女租客和家人都被歸入一個獨立群組，不過，為保障病人私隱，所以不會公開群組患者的年齡和家庭狀況。

這處理手法引起網民熱烈討論，好事者戲稱這個群組為「女租客群組」或者「ＳＦＲ群組」。ＳＦＲ不是single-family rental而是sex for rent。

小珍懷疑自己被歸入這個充滿恥辱的群組裡，所以警方沒有來向她問話。

儘管有人說「逃避雖可恥但有用」，可她認為接受恥辱，有時也很有用。

152

他們一家熬了半個多月之後才陸續離開醫院，在家裡團聚。

父母的工作環境和弟弟的學校都沒有傳播鏈，就連女僕咖啡店也沒有，但父親認定她是感染源頭，指著她罵。

「妳這衰女好做不做，去那個姣精（騷貨）盈盈的淫賤咖啡店打工，陪客上床，惹了一大堆細菌病毒回來。」

「那是女僕咖啡店，只是特別一點的咖啡店，我們不會跟客人出去。」

「ＯＫ，那裡其實就是魚蛋檔。」

父親想法非常保守，任何他不懂而且身邊沒人懂的事情，他都沒有興趣去瞭解，覺得自己想像的就是對的。

小珍本來不知道魚蛋檔是什麼，但被他多次罵「魚蛋妹」後，忍不住去網路上查。魚蛋檔是一種盛行於上世紀八十年代香港的色情場所。裡面沒有性交易。嫖客只會對魚蛋妹上下其手和接受手淫性服務，據說動作跟「打魚蛋」相似，因而得名。這種場所早就沒落。算來父親也沒有機會去，也許是小時候聽人說過。

「不是，我們的客人都很守規矩，不會亂來。」小珍抗議。

「那是妳說的。我不知道妳在裡面做什麼污糟邋遢的事，總之，現在全家人都失去嗅覺和味覺，晚上也很難入睡。妳高興了吧！」

她對把病毒傳染給家人有罪惡感，但是，可不可以不要重男輕女到打從一開始就把所有問題怪罪到她頭上？

這不是第一次了。

夜深人靜時，她會想，如果不是要去對付鄧偉，她不會感染到病毒，也不會傳染給家人。

如果那天她完成任務後，就直接回家，也不會傳染給司徒素珊。

她不肯定這是不是和孽報有關的因果報應，或者只是病理學上的傳播，但身上背負了六條人命的司徒素珊，最後由衛生署醫生在電視上公佈死因。

「四十四歲的死者經解剖後，發現患上潰瘍性結腸炎（ulcerative colitis），身體早就五癆七傷，是個隱形的長期病（慢性病）患者，被感染兩日後就離世。」

小珍去查潰瘍性結腸炎，維基百科說這「是一種會導致結腸與直腸發炎與潰瘍的慢性疾病」、「通常其症狀發生的進程緩慢，且會輕重不一，其症狀表現常間歇出現，兩次發作中間常伴隨有一段無症狀期」。

想到她經常嘔吐和腹瀉，一直以為只是腸胃敏感，所以沒去看醫生。

自從美茵走後，司徒素珊的世界裡除了復仇外別無其他，從來沒去關注自己的身體健康。

小珍搖頭，不，司徒素珊不是生無可戀，而是抱著必死的決心去行動，也得償所願，去和美茵團聚了。

這對年齡相差不遠、外表看起來像兩姊妹的母女會和以前一樣，有說不完的話題。

在那個遙遠的地方，沒有欺凌，沒有暴力，也沒有復仇，只有愛和溫暖。

再也沒有人能把她們分開。

沒有人能阻撓美茵追求自由。

小珍盡量不去想司徒素珊最後是一個人孤獨地死在病房裡。這一定不在她原本的計劃裡。

復仇成功，但換來這個結果，值得嗎？

如果她什麼也不做，可能現在還活得好好的。

是不是「宋小姐」朱嘉靖說的，「放下，向前走」和「多跑步，出一身汗後把事情忘掉」才是正確的態度？

不，如果司徒素珊選擇放下和把事情忘掉，雖然現在還好好活著，但靈魂會一步步枯萎，最後死去。

小珍百分之百肯定，司徒素珊雖然死去，但能成功為美茵復仇，就今生無悔。就算重來，也會做相同的決定。

第十四章／藏鏡人（2020-21）

153

朱嘉靖醒過來時，仍然在半夢半醒之間，像開車穿過濃霧，需要時間去熟悉自己的狀況和周遭的環境。

她全身發痛，有人來看過她，但他們講的句子碎裂到她一個字也聽不懂。

她要等腦裡的雲霧逐漸散去後，才重新找到和旁人溝通的路徑。

「妳知道我是誰嗎？」坐在她床邊的人問。

朱嘉靖點頭，「Cindy。」

「太好了。妳昏迷了很久，我以為妳會一直昏迷，但妳的鬥志非常頑強，昏迷了一個多月後醒來，但完全失憶，就像失去魂魄。妳又花了一個多月才恢復記憶，認得我是誰。」

Cindy是她的保險經紀。

「我沒印象。」朱嘉靖尷尬地答。

「妳全身多處骨折，需要做物理治療，但妳會好起來的。」

朱嘉靖覺得這個經歷很不真實。說得好聽點，她只是睡一覺就過了三個月。說得難聽點，她和死亡只差一線，全身多處的痛楚需要打止痛針。說不定在另一個平行宇宙裡，她是一睡不醒。

Cindy又說：「我無法代表妳家人簽名幫妳轉去私家醫院，也不能幫妳轉到這裡的私家病房。我充其量只能以特別恩恤的方式進來。妳可以考慮日後要不要簽個授權書，方便我，也方便妳。」

朱嘉靖點頭，但她現在連握拳都乏力，更別說握筆寫字。

她覺得自己雖然醒來，但腦袋並沒有完全清醒。

Cindy領導的是全香港前十的保險經紀團隊，不管投保金額和人數規模都是前十。護士說她每天都會親自來探望自己。

她那些名牌時裝和公立醫院病房格格不入，特別是那條金光閃閃的眼鏡鍊。

以前Cindy和她頂多一年見一次，外加每年生日和聖誕都會寄紙本賀卡，聖誕節那張會順便總結自己和團隊一年來的成績。

Cindy把握每一個機會自我宣傳，也擁有做大事的本領，組織能力非常強大。

高懸的電視機播放著沒人看的電視劇，房間嘈雜得像菜市場，儀器發出的聲響此起彼落。任何一個重視個人尊嚴的人，都不會想在環境惡劣的公立醫院裡接受治療。

朱嘉靖從來沒有在Cindy的臉書按讚。她和自己的感情並沒有那麼好。

她不確定Cindy是不是過分熱心，但Cindy始終是自己的保險經紀，而且辦事效率很高，不是自家的女傭可比。

所以朱嘉靖沒有拒絕。她一向不會抗拒別人對自己的好。

154

心理學家說，不要以為psychopath人格都很惹人厭或冷酷無情，有些就是因為看穿人性，瞭解群眾的心理需要和訴求，所以才能輕易建立富魅力的人設，把目標玩弄於股掌間，也非常懂得偽裝自己，假裝成人畜無害，甚至是熱心助人或溫文儒雅的謙謙君子，寫的文章也能洋溢豐富的感情，充滿正義感。

他們的一言一行都容易引起好感。在二十一世紀，這些人理所當然也輕而易舉地成為擁有海量粉絲的ＫＯＬ，受萬人景仰。

鄧偉不是ＫＯＬ，但生前給大家的印象，不外乎是友善的同事，有禮貌、會主動打招呼的好鄰居，其他人也對他以禮相待。

他的真面目由原本只有他一小部份朋友知道，變成認識他的朋友都知悉，到最後連不認識的人也一清二楚。

曹新一覺得這混蛋這輩子最好運的地方，一如淩友風在獄中跟他提到的英國著名電台主持人Jimmy Savile，都是在死後才被大眾發現他的真面目。

人死了，拿去鞭屍也沒用。

如果鄧偉現在仍然和偵探社有關聯，而警方又能追查到，他和巫師就麻煩了。

巫師叫他不要再調查這案件時，到底是因為偵探社缺乏調查能力？還是巫師有先見之明，早就知道這人渣的祕密，所以找個理由抽身而出？

幸好巫師早就和他切割，還把最後一次會面的經過不動聲色地拍下來。

疫情仍然未見曙光，但大家都適應了疫情下的新生活。

客戶又開始上門找偵探社幫忙，早前去做兼職的偵探陸續回到原本的崗位。

除了要戴口罩，大家都和疫情前一樣忙得透不過氣來。

即使兩個客戶都死了快半年，他和趙韻之也找到調查的線索，但受制於來來去去一波又一波的疫情，他不想把病毒帶回去酒店傳染給趙韻之，所以只好暫時放下。

這幾個月裡，香港人幾乎每星期都要適應新的變化。

六月十二日：香港《國歌條例》正式生效。

六月三十日：全國人大常委會表決通過《港版國安法》，次日正式實施。

七月一日：英國宣佈准許英國國民（海外）護照（BNO）持有人及其家屬，可在英國工作和居留，住滿五年後可申請「定居身份」，再居留多一年後，可正式申請成爲公民。

七月八日：公務員事務局要求新入職的公務員簽署聲明，確認擁護《基本法》和效忠特區。

七月九日：第三波疫情在社區再擴大。

七月十三日：政府公佈再度收緊防疫措施，包括立法要求市民搭乘公共交通工具時要戴上口罩，食肆下午六時至翌晨五時不能堂食，只可做外賣，「限聚令」重新收緊至四人。

七月十五日：美國總統Donald Trump正式簽署香港自治法案，終止香港的特殊待遇，而香港將與中國內地受同等對待。

七月十八日：香港新冠肺炎確診宗數累計一千七百七十八宗，超越二〇〇三年SARS的一千七百五十五宗。

七月二十三日：中國外交部表示，中方考慮不承認英國國民（海外）護照（BNO）作爲有效旅行證件。

七月二十九日：凌晨起，政府勒令全港食肆禁止堂食七日，「限聚令」收緊至兩人。

七月三十一日：中央政府應港府的請求，派遣內地檢測人員赴香港協助開展大規模核酸檢測篩查，幫助香港加快建設臨時隔離及治療中心。

八月三日：匯豐控股業績遜預期，下午股價一度跌穿二〇〇九年三月金融海嘯時最低價三十三元，收市跌百分之四．四三。

八月七日：政府公佈兩星期後會展開「普及社區檢測」。

變化之多，曹新一要上維基百科才找到大事時序去瞭解來龍去脈。

不過，不管世界怎樣變，他始終忘不了死在劏房裡的屍體。

155

香港第三波疫情在二〇二〇年九月底結束。

小珍一直都在盈盈表姊的女僕咖啡店工作，沒有打算辭職，但父親在十月初失業，她這個衰女理所當然成為他出氣的對象。他每天都找到不同理由去責備她。

衰女！

死肥妹！

性病妹！

肥雞！
雞！

其實她從年頭至今，已經減去八公斤。他有沒有看清楚？

如果她真的是雞，一定努力賺大錢，盡快離開那個爛家。

司徒素珊生前留下鑰匙給她，有時她下班後，會去那個屋主一家人都不再回來的單位休息，睹物思人，也給自己充電。

雖然沒有血緣關係，但她一直當司徒素珊和美茵是家人。

這個曾經有一家三代同堂一起住、一起吃飯、一起大笑的單位，如今只剩下回聲，最能訴說人生無常的唏噓。

司徒素珊的喪禮不用她費心，因為麗貝卡打電話告訴她正在辦理。

「我有什麼可以幫上忙嗎？」小珍問。

「不用，妳好好活下去就可以。」

麗貝卡的聲音和以前一樣明亮，但小珍覺得在不知什麼地方有點不同。

女僕咖啡室的工作是給客人帶來歡樂，但這工作不見得給自己帶來快樂。

她受不了自己要裝蠢去變魔法，要去應付嘴巴不乾不淨講黃色雙關語的客人。他們有些是有數十萬追蹤者的YouTubers，偷拍調戲女僕的片段拿去變現，如果被店家發現，就惡人先告狀地跟店家說：「我們有拍攝的自由，如果妳們沒有做壞事，怕什麼偷拍？」

這些自以為是皇帝的YouTubers經常擺出「我們可以點石成金，也可以把妳們罵死，所以妳們店家要當我們是神般膜拜」的架勢，有的甚至不願意付錢，需要盈盈表姊花很大力氣去處理。

此外，有些女僕同事本身就是有幾千追隨者的ＩＧ女神，雖然表姊說那個數量其實很小，真正的ＩＧ女神用不著拋頭露面自己就能帶貨賺錢，但很多客人衝著她們而光顧咖啡店，點名要她們招待，要她們表演唱歌，和她們玩遊戲及合照。

每一項活動都要收費，收入由女僕和咖啡店對分，這些項目的收入比女僕的基本薪水還要多。

她們不是看不起在二十多歲後才入職的小珍，只是不怎麼理會她。

小珍沒想到女僕咖啡店也是名利場，但不好意思跟表姊說。

156

十月中，表姊夫被病毒感染，表姊留家自我隔離。咖啡店的經理一職，就由小珍暫代，由表姊在電話上遙控她處理開門、關門和會計結算等工作，並處理供應商送來的貨物，包括食物和餐巾等消耗品。

為了節省開支，這些瑣碎的工作一向由表姊包辦。

這時其他女僕才知道她皇親國戚的身份，對她的態度馬上不一樣。雖然同樣叫她的藝名「美惠」，語氣卻溫柔了很多，彷彿後面要補上「いらっしゃいませ」（歡迎光臨）。

小珍沒有對她們還以顏色，表姊說過，女僕咖啡店如果經營得宜，比同等投資額的餐廳有更大的盈利空間，小珍在這裡學習的，除了經營的各種眉角，還有培養經營者的胸襟。

女人過了二十五歲就不能再做女僕，但可以開女僕咖啡店。

「我希望有一天可以開老僕咖啡店，教育顧客不要年齡歧視。」小珍想起司徒素珊。

「如果妳開，我就來做。」表姊說。「我是認真的。」

這天其他女僕都下班後，咖啡店裡只剩下小珍一個人結帳，和監督負責清潔的兼職工。

沒有了音樂和女僕後，如果把咖啡店的粉紅色換掉，就和一般咖啡店無異。

小珍本來就不喜歡粉紅色，來這裡工作後更變為討厭。下班後，她就迫不及待地換上便服。

晚上六點半，一個二十多歲的男人推開大門進來，小珍抬頭，發現他是下午來過的客人，而且不是第一次來，上星期也來過兩次，有成為常客的潛力。

他留名叫「巫師」。

招呼他的女僕說，他說出名字時在忍笑，但比起其他客人留下像「大袋」（大春袋，即「大陰囊」）、「高院」（粵音同「睪丸」）、「麵包皮」（影射「包皮」）等有黃色暗示又中二的名字，「巫師」毫無特別之處。

「先生，你忘了東西沒帶走嗎？」

小珍問得很幹練。即使沒有同事說撿到客人留下的物品，但她還是瞄向剛才他坐的位子。

「不，我是來找妳的，戚小珍小姐。」

小珍聽到他報出自己名字時，心跳猛烈加速了幾秒。表姊從來沒在店裡喚過她本名，同事只知道她是美惠。

「你是誰？」她馬上回過頭來，並提高警覺。

「妳不認識我，我是私家偵探，受委託去調查在重慶大廈一個賓館裡自殺的陳德東。我有些問題，希望妳可以回答我。」

157

清醒第二天，朱嘉靖才想到向Cindy借鏡子。

醫生說她滾樓梯時，應該有用手護頭，所以臉蛋沒有損傷。手腳的皮外傷也很輕微，但她始終不放心。

鏡裡的她，臉腫脹了許多，稍後需要找美容師處理。

「沒想到妳會成立那種互助組。」Cindy笑到連眼角也笑起來。「妳好厲害。」

朱嘉靖鬆手，鏡子掉到她大腿上。

「妳怎知道？」

「全香港都知道呀！不然我怎能以恩恤的方式進來？過去幾個月發生了很多事情。」

Cindy把她入院期間被發現是自由愛受害者互助組召集人的事向她報告，而且到處跟人說她這個客戶是女中豪傑、巾幗英雄、Captain Marvel。

朱嘉靖生性低調，沒想到自己有一天會成為Cindy的名人客戶和新聞人物，但幸好不是往她恐懼的方向。

「Ricky打過電話給我，他還很關心妳呢！」Cindy又熱情地道。

朱嘉靖把鏡子還給Cindy。她討厭那個英文名。

「關心我的話，就不會和那個小賤人在一起。」

香港網路文化裡有一條神祕的電話錄音，裡面的女聲粗口爛舌，罵情敵為「閪女人」。

朱嘉靖不喜歡用帶生殖器的髒話去辱罵其他女人。她有同樣的器官，而那個器官並不可恥。

很多人不管膚色不管性別不管美醜不管是好人或壞人都要經過那個器官才能來到這世界，那是非常神聖的器官。

一個女人可恥的理由和器官無關，而是所作所為。

「他應該換過好幾次女伴了。」Cindy說。

「一樣，都是小賤人。他說了什麼？」

那人打電話給Cindy不是關心她，而是她的過去被人翻出來後，連帶他的也一樣。這是媒體運作的方式。記者覺得她會成為植物人無法為自己說話，所以去找她的代言人。任何認識她的人，都可以成為她的代言人，特別是曾經和她最親密的人。

不過，她的生命力頑強得連自己也佩服。

「他說和妳沒有聯絡很多年，但一直知道妳是女中豪傑，也以妳為榮。」Cindy的話裡帶著喜悅。

朱嘉靖本來想罵他，但算了。

在這個疫情肆虐人心迷失的時代，很多香港人都需要英雄。她在陰差陽錯下被捧為反抗男性暴力和大企業的自由鬥士，這頂皇冠莫名其妙從天而降到她頭上。

互助組的臉書帳戶裡有很多人留言，給她打氣。

那場滾落階梯的意外原因不明，但意外造就她人生的最高點。

158

曹新一找不到司徒素珊的臉書或ＩＧ帳號，但用「司徒素珊」這四個字找到戚小珍在ＩＧ裡紀念司徒素珊離世的照片。

底下一堆人留言致哀，大部份慨嘆天妒紅顏，祝福她和女兒在天上再會。

原來司徒素珊的女兒司徒美茵早就死了，是什麼原因？

曹新一繼續挖下去，發現非常可疑。

鄧偉死前感染新冠肺炎，幾天後戚小珍和司徒素珊先後感染，後者更死於肺炎，雖然不排除是剛好，但鄧偉向女租客提出以性換租在先，這兩個女人是不是他的租客？

不，原因很可能和早逝的司徒美茵有關。

他google她的名字。

很快在討論區和色情網站找到司徒美茵在不清醒也就是非自願狀態下進行性交的照片和影片。

曹新一心跳加速，去LinkedIn找司徒素珊的履歷。

她果然從事電腦和網路的工作多年，考了一大堆專業認證（證照），目前在待業中。

坐在床上的他向後倒下，抬頭注視高高在上的天花板，非常激動。

經過萬苦千辛。

終於。

找到了。

巫師，你說永遠找不到，但我證明給你看，我找到了。

這些散落在不同地方的拼圖加起來，就是柳漢華、鄧偉和陳德東等人組成了一個針對女性的群組，其中一個受害者是司徒美茵。

她承受不了影片和照片在討論區流傳的打擊而自殺後，母親司徒素珊和戚小珍聯手，找那伙人尋仇，把他們逐一殺掉。

不料鄧偉感染肺炎，不知道司徒素珊或戚小珍和他共處升降機裡時被感染，後來又傳染給另一人，司徒素珊因此離世。

他不能被戚小珍知道自己的發現，否則她可能會依照他的發現去編故事騙他。

他需要她把所知道的事原原本本地告訴他。

「我不知道你在說什麼。」小珍說，但身體顫抖得像觸電那樣。

「我能夠從陳德東找到妳們，就表示我們知道妳和司徒素珊玩什麼花樣。如果妳不老老實實把一切全部告訴我，節省我的時間，我就直接就把妳交給警方。明天警方就會去妳家和這間咖啡店搜集證據。」

曹新一不喜歡出到恐嚇這一招，但更不喜歡浪費時間。

沒有援兵的小珍，被他闖入地盤後嚇到，也無反擊之力，但還記得叫清潔工馬上下班。

「我和司徒美茵是從小玩到大的朋友……」

她娓娓道出一切。內容和他猜想的幾乎一樣，也填補了大量他不知道的細節。

最令他震驚的，是那個群組手上有至少幾百個女性的照片和影片，被流出的受害者只佔少數。

那幾百個人並不知道自己是受害者。如果爆出來的話，絕不是三日後會在討論區消失的話題。

她們的人生會被徹底摧毀。

十多年前涉及香港藝人不雅照事件的女星，星途幾乎全毀，至今仍然被網民恥笑。

那三百多個女人不是藝人，沒有經紀人和公司護駕，下場只會更悲慘。

「這個群組裡還有一個成員叫『藝術大師』。」小珍雖然戴著口罩，但看來很緊張。

「Susan說那人從來不約女生出來，卻是big boss。我們找不到他的真身。他可能是群組裡某成員一人分飾二角。」

「如果是這樣，他也早就死了。」

「沒錯，但Susan有另一個推論：他人在外國，或者是個老人，或者是傷殘人士，總之行動不方便，否則不可能不親自出手。如果他還活著，爆料的話，將會是核彈級的災難。」

曹新一愈聽愈覺得不對勁。

他身邊「剛好」就有符合條件的人選。

曹新一腦裡湧起千頭萬緒，感到全身發熱，想站起來，卻發現雙腿乏力。

小珍接下來對他講的話，他要很勉強自己才能聽得下去。

159

朱嘉靖醒來一星期後，經過主診（主治）醫生進行專業評估後獲准轉往私家醫院。醫護人員把她推到公立醫院的側門，再轉到救護車上。

Cindy一直陪著她，跟著上救護車，途中一直握著她的手給她打氣。

「很快就到。」

「我知道，我OK的。」

劍橋醫院的高級客戶總監和六個醫護人員在停車位恭迎朱嘉靖，如果加上紅地氈和鳴放禮炮，就是女王規格的待遇。

院方安排她在一間附設客廳和洗手間兼浴室的私家病房休養。「床邊終端機」提供電視、收音機及網路等功能，放在吊臂上，可以拉到床上使用。房間除了配備LCD電視、雪櫃及電子保險箱外，還有智慧型系統可控制燈光、室溫及窗簾，不輸五星級酒店的套房。

她自醒來知道發生在自己身上的事後，便迅速調整自己心態，認為任何高規格待遇都理所當然，她受之無愧。

「有沒有什麼事情要我幫妳忙？」Cindy親切地問。「需要的話，我可以派同事來任妳差遣。」

朱嘉靖其實需要私人助理，她以前開公司時就有一個。私人助理必須領自己發的薪水，聽自己的話，忠於自己，而不是Cindy的人馬聽命於她來監視自己。

「不用了。這裡的護理人員應該能幫得上我忙。」

Cindy很懂看人眉頭眼額（察言觀色），沒有勉強。

「妳好好休息，我明天再來看妳。」

朱嘉靖不會拒絕她來探訪。

她父母都已經離世。

親戚不多，但都在外地，也很少來往。

和丈夫離婚前，兩人已經視對方為仇人，連對方的名字也不想提。

她和商界上的朋友都是利益關係，以前一起坐遊艇去舞會喝紅酒。自她離開商界後就沒再聯絡，現在她們的短訊和語音訊息塞爆她的手機，她也懶得回覆。

那些人和事她都想拋諸腦後。

但有件事她沒有跟人說，不知道要不要說，也不知道跟誰說，卻念念不忘。

警方認為她在跑步時意外滑倒失足受重傷，但她當時隱約看到有個男人在梯頂用力把自己推下樓梯。

他戴著口罩，她看不清他的容貌。

到底是真的有人對自己施襲，或者那人只是她的想像，連她也不敢確定。

也許等她腦袋再清醒一點，就會想起來。

160

所有人看事情都無可避免地摻入主觀想法，也有可能因此出現盲點，所以，曹新一要找人討論，否則會瘋掉。

趙韻之本來就知道不少，他只需要補充最新的情報，但不能提到巫師和大神的身份，以及兩人跟自己的關係。

「剛好我認識一個懂網路技術的行家，他就是坐輪椅。」曹新一修飾了一些事實。

「我向他諮詢過不同意見，他一直說我這案件永遠無法找到真相，勸我直接放棄。」

「這也許只是好意，不想你浪費時間。」趙韻之沒有多疑。

「還有另外一個很懂手機的專家，身形很龐大，表面看來人畜無害，但他其實是You-Tuber，專門介紹日本AV，專攻人妻熟女系的類型。」

趙韻之露出很厭惡的表情。「好變態的傢伙。」

「對，就是他告訴我劏房裡的人用義肢。」

「那很好呀！」

「可是他給我的情報無法再追查下去，我是用很曲折的方法才找到何雪妮那條線。」

「但他也幫了你忙。」

「他可以是表面幫忙，但其實是想讓我放下戒心。」

「你的推論很主觀，沒有證據證明他們其中一個是你要找的人。」

「這種事情怎會找到證據？」曹新一還有一個推論，但一樣不能直接說。「其實我在調查期間，他們兩人曾經兩次聯手打斷我的調查進度。」

「是什麼？」

曹新一懷疑巫師掌握偵探社所有成員的把柄，甚至他認識的每一個重要人物，都有一張牌在他的口袋裡。

巫師早就知道自己和紀曉芳的事，然後在關鍵時刻找阿南和大神丟出來，結果他要為處理自己的感情事而疲於奔命。

那是第一次。

第二次就是大神向他報告樂律師的行蹤，結果他一如他們所料去找樂律師，最後巫師出場，給他萬豐年的最新消息，擾亂他的心情，拖慢他的調查進度。

最可惜也最可恨的是，「詳情我不能說。」

趙韻之發出噓聲。「我就知道你會這樣回答。」

「不好意思。」

「沒關係啦！」她伸手握著他的手臂安慰道。

曹新一也握著她的手臂。趙韻之身為無性戀者，和他訂下約定，握手就是最親密的身體接觸，但不能牽手，連手臂也不能碰。

她主動過了這條界線。

這就是她對他最大的支持，不管是精神上，還是身體語言上。

「謝謝！」

他喜歡和紀曉芳的激情，但和趙韻之這種幾乎是純粹的感情交流，給他更深刻的感受。

「你會懷疑那兩個人必定有你的理由，我不知道你們之間是不是有過節。」趙韻之握著他手臂的手掌輕輕用力。

「沒有呀，在這個案件之前，那兩個人一直都在幫我的忙，我不是說客套話。」

「那就好了。」趙韻之鬆開手，讓曹新一很不捨。「你覺得那兩個人裡，誰是你要找的那個藏鏡人？」

「兩個都有可能，甚至，兩人同時在背後扮演同一個人。」

「我不管是一個人或兩個人，但你要找的藏鏡人剛好是你認識的人，這個機率有多大？你被你自己的偏見影響了。」

曹新一不同意。「妳這個說法根本說不上是理由。」

趙韻之站起來，在進去洗手間之前說：「你有太多事情不能告訴我，所以我無法判斷。我建議你冷靜下來，重新好好把事情從頭到尾想一遍。也許你對，也許我對，你要自己去找答案。」

第十五章／復仇女神（2020-21）

161

小珍沒聽司徒素珊提過希望怎樣處理自己的喪禮，不過，司徒素珊在美茵的喪禮後跟小珍說過，希望以後自己的也要跟著一樣辦，簡簡單單就好。

麗貝卡果然替她安排和美茵一樣的「院出」，在醫院辦喪禮，然後送去火化。

司徒素珊的孤僻從生前貫徹到死後，喪禮比美茵的更冷清，出席的親友不到五個。來的都是她以前的女同事，也不年輕。

同齡人送別同齡人，像在送別自己的青春。

雖然經過美茵喪禮的訓練，但小珍在司徒素珊的喪禮上仍然感到非常傷心。

雖然為美茵報了仇，但好人沒有好報。

162

一星期後，曹新一在海邊目送捧骨灰的戚小珍和其他往生者的親友逐一登船。那艘船準備航向大嶼山外的水域。

司徒素珊生前，他沒和她見過面。他第一次在遠距離注視她時，她已經化成骨灰，準備被撒落大海。

他查過她的背景。

單親媽媽。

工作上不如意，失業多時。

含辛茹苦把女兒撫養成人，不料女兒大學畢業前夕在網路上遇人不淑而自殺。

曹新一覺得做調查工作會令人心境蒼老的原因很簡單。很多檔案都是在一個人面對人生最大困難時建立。有些人翻得過去，有些人則否。有時你會慶幸那種令人咬牙切齒的混蛋終於從世界消失，好人好事種善因得善果，但更常見的是人渣步步高陞榮華富貴，好人一輩子交不上好運也不得善終。

司徒素珊的情況非常複雜，一言難盡。

站在道理高地叫這個失去愛女的單親媽媽接受現實，抑壓自己的情緒，才是不人道的做法。

不過，上天似乎覺得，她為女兒復仇雖然出師有名，可是，了結這麼多人的性命，也要賠上自己一條命才公道。

如果是這樣，什麼是正義？什麼是公平？什麼是天理？

這些哲學大哉問，沒有偵探會找到答案，充其量只能找出真相，更無法改變世界。

曹新一默默離開海邊。以後見到那片大海，即使只是遠眺，也會想起這對母女。

這天他不想回家，只好在街上遊蕩，從早上走到下午再到黃昏，觀察這座被疫情打擊得體無完膚的城市，看著「不正常」變成「新常態」，融入成生活的一部份，特別是在夜晚。

餐廳在六點後禁堂食，只能做外賣，很多索性關門。

商店也一樣。

夜遊人不復出現，連帶笑聲和車聲也消失。

以往在深夜通宵發亮的招牌都熄滅。

不夜城變成死城。

誰會想到香港會變成這樣？

疫情翻轉了很多事情。

就像巫師和大神到底是不是藝術大師，他聽從趙韻之的意見，翻來覆去想了好久，考慮過很多不同的可能。

他坐在維多利亞公園的足球場旁邊的長椅上，被櫛比鱗次的萬家燈火包圍，看著維多利亞女皇銅像的背部，沉思了好久後，抽出手機打字。

「半年前我們接下但你叫我不再查的那個案件，我可不可以問你一件事？」

他斟酌用字，看了三遍確認沒有錯字後，發短訊給巫師。

這晚他要找出真正的答案。

「你還死心不息？」巫師很快回覆。

「對，我有發現」

「你在哪裡？」

「維園」

「很近呀，上來我家」

「現在？」

「當然。這個不再是貓頭鷹的案件。搭Uber上來，我安排」

163

巫師的豪宅座落於北角寶馬山上一個老牌大型屋苑裡。曹新一查過（香港人的壞習慣，市儈得連他也覺得自己面目可憎），呎價二萬五千，一千呎就是二千五百萬（約一億台幣），天文數字到脫離現實。就算月入二萬五，一毛不花全部拿去還房貸，也要一千個月——超過八十年——才還清，和一個香港男性的預期壽命差不多。

所以，這個會所裡的網球場、日式庭園、冷熱水泳池、桑拿浴室、健身中心、戴上透明面罩且年輕貌美的女性管理員等，全部都和他這輩子無緣。

好些住客悠閒地在夜間散步，甚至帶上狗。他們當然沒戴口罩，也聚集抽煙高談闊論，過的是和山下的人不一樣的生活。

草地散發出雨後才有的味道，沒有牽狗繩的狗在草地上自由奔跑。曹新一在這個夜裡沒有車聲只有人聲和鳥聲的花園裡幻想，如果他投胎在樓上其中一戶人家，他的才能就可以大大發揮。別說不用坐牢，說不定現在就在外國生活。

巫師親自開門，沒戴口罩，臉上有白色的鬍碴。

曹新一左顧右盼道：「我以為你有家傭。」

「我們這種工作怎可能讓個不相關的人在家裡一起住？我連碗碟和衣服也是自己處理，頂多只讓清潔工上來打掃，一個月一次，而且一定要外籍。我會一直監視她，留意她手碰過的東西。讓我關門吧。」

單位很大，客廳的落地大窗能俯瞰維多利亞港和獅子山。這種豪宅是很多人夢寐以求的家。可是如果要用一雙腿來換，沒有人會答應。

一個行動不便的人在山上獨居，連寵物也沒有，每天回到家裡只能對著四道牆。巫師的生活跟曹新一想像的很不一樣。

廚房採開放式。浴室和房間的門都特大。走廊和房間都有扶手。一切家具包括餐桌、工作台、書架和衣櫃的高度都調整過。所有東西都放在巫師坐在輪椅上可以伸手拿到的高度。這裡每個角落都透露出屋主行動不便的事實，但不明就裡的人會以為是幾個小孩子在這裡居住。

「要不要喝什麼？」巫師的話讓曹新一從沉思中醒來。

「不用了。」

曹新一不好意思麻煩巫師，也不能反過來問巫師要喝什麼他可以代勞。

「你需要清醒的腦袋。」巫師坐著輪椅來到冰箱前面。「咖啡、綠茶、汽水、普洱，冰的熱的我們都有。」

這句曹新一招待客人的標準台詞，本來就是巫師教他的，沒想到有一天會聽到巫師對他說。

「咖啡好了。」

巫師把罐裝咖啡遞給他時問：「你知道什麼？」

語氣很輕鬆，像朋友聊天一樣。

曹新一把知道陳德東有藍牙義肢，在香港殘殘人士互助會的主席何雪妮那裡找到那兩個女人的名字，最後發現其中之一的司徒素珊感染病毒而死，司徒美茵多年前自殺，他去女僕咖啡店向小珍問出內情的經過，包括她們找到一個針對女性的群組，並找出成員逐一行私刑的推論，有條不紊地一一說出來。

「除了上門找過我們的柳漢華和鄧偉外，其他成員……」曹新一曾經以為巫師是隨便找來充數，「你都準確找出來，但目前還有一個叫藝術大師的big boss的真身沒找到。」

「居然有個big boss？」巫師皺起眉頭問：「你有嫌疑人嗎？」

「有，不只一個。」

巫師沒有變得神色凝重，始終保持撲克臉，像在判斷曹新一說話的真假。

「說說看。」

「第一個是大神。」

「怎可能？」巫師失笑。「你的人選很有趣。」

「一點也不，大神除了是人所共知的電腦專家外，還在YouTube上開了個頻道介紹AV。」

「Audio and Video嗎？」

曹新一沒心情和巫師開玩笑。「是Adult Video。他的外號叫『暗黑股評人金槍』。他偽裝成人畜無害的肥宅，其實非常性抑壓，當然需要發洩。」

「可是他一直都在幫你忙。」

「這樣可以掩飾他是big boss的事實，而且，他就算幫忙，也只是圍繞在賓館死亡的案件上，沒有幫我們找出那個群組。他體型巨大，約炮的話，出來見面一定會被拒絕，所以乾脆不出來。」

「也是。第二個呢？」

「就是巫師你。」

巫師收起嘴角的笑意。「因為我這雙腿和年紀都是約炮被拒絕的理由嗎？」

「這是其一，其二是，你準確地找到人，因為你知道他們的真正身份，你可能因為某個我不知道的理由而進行內部清洗。第三，你一直叫我不要調查，就是怕我查下去會把你找出來。」

「好像很有道理，很高興你沒有說我性抑壓。」

「我沒說，不代表我認為你不是。」

「好，我承認我有。剛好兩個人選都是你認識的人，你不覺得太巧合了嗎？」

「沒錯，所以，有第三個人選。」

曹新一接下來要說的話，也是他不敢跟趙韻之說的。「那人和你有關。」

「我？」巫師指著自己鼻子問。

「就是近期的紅人朱嘉靖，我不認為她出事是意外。」

「你有證據。」

「沒有，但我往另一個方向去想：她那樣的有錢人，為什麼會成立互助組？」

「不就是關心社會，服務社群，有錢人都是這樣，而且很多都很低調。」

「對，有錢人最不欠的就是資金，也不欠爭著為他們出謀獻策和奉承的軍師。我們有些客戶就是由軍師陪上門。朱嘉靖如果要成立一個組織，一定可以做得很像樣，登記為慈善組織，有門路向一般人沒聽過的慈善基金申請長期營運的經費，有人脈找到義務律師和心理醫生，讓這些日進斗金的專業人士建立正面的個人形象。」

「有道理。」

「對，說不定連辦公室也能找到，就像何雪妮那樣，業主只收象徵式租金。有錢人出手做這種事，不是高調地為這個組織宣傳，就是找專人打理，做事非常有板有眼……」

他打過電話去問小珍：「妳們見過朱嘉靖嗎？」

「對。」小珍反問：「你怎知道？」

「亂猜的。」

他沒有告訴她朱嘉靖出意外的時間，剛好就在巫師和鄧偉解約一個星期內，「可以告訴我妳們見面的詳情嗎？」

「我第一次見她，是和美茵在……」

「……絕不會約人去灣仔的爛餐廳見面。她開過公司，有豐富的商場歷練，不會不知道社會上的遊戲規則和待人接物的禮數。她的本事和經驗為什麼一點也沒有在這個互助組裡反映出來?」

這些不合理，剛出來工作的小珍看不到，眼中只有復仇的司徒素珊想不到，不瞭解內情的網民不知道，但他這個看到全局的偵探不會嗅不到一陣怪異的味道。

「我完全同意，很有道理。」巫師應道，但沒有補充，也就是期待曹新一說下去。

「你教我們的事做每項調查，最重要的是問『為什麼?』，所以，我就回到最基本的問題：為什麼朱嘉靖要成立這樣一個互助組?她或者她的親友受過什麼傷害?」

「很好，你發現什麼?」

「小珍告訴我，那個互助組其實沒有真的幫助受害者，而只是勸人放下，不要追究責任。這讓我想起，有些國家的廢死組織，背後最大的金主是黑社會。他們怕有一天自己被捕判死刑後要被打毒針或坐電椅，所以，這個互助組成立的真正目的，根本不是支援受害者，而是打擊她們，力勸她們放棄調查。」

「我不懂，她是女人，為什麼她要這樣做?很不合理。」

「她在五年前離婚，我懷疑理由就是因為丈夫在自由愛上面結識其他女人而導致離婚收場，所以她擔任主腦，找了六個男人成立一個群組對付在自由愛上約炮的女性。這些本來就很aggressive滿腦子都是性愛的人渣理所當然一呼百應，自動完成後續的行動，並不知道是為朱嘉靖進行報復。」

「說得好像有那回事。你有證據嗎?」

「沒有。不過，我有個很大膽的推論。朱嘉靖從樓梯滾下來，並不是意外，而是被人推下來的。」

「誰？」

「鄧偉。」

「鄧偉怎知道她的身份？而且為什麼要推她？」

「鄧偉並不知道她是big boss，而是以為她是司徒素珊，就是那個利用物聯網對付他們的女人。有人通風報信誤導他。」

曹新一停下來，靜靜注視著巫師。

他不知道說出真相的後果，但應該不會被滅口。

「你故意提早結束合約，和他撇清關係，這樣一來，他後續做的事就和我們無關。我沒有說錯吧？」

巫師的撲克臉終於鬆懈下來，點頭。

「不過，我做事的理由和你跟那個司徒女士追查的不同。我不知道他們那伙人在自由愛上找獵物，但想起讀過一篇報導，有個記者潛入了那個互助組裡東翻西找，把那些受害者的心態當成獵奇小說來寫。我就覺得那個互助組的成員一定對男人恨之入骨，繼而叫阿夢假裝是受害人，找出小組負責人的真身是朱嘉靖，然後告訴鄧偉。」

曹新一睜大眼睛，「就是這樣？」

「當然。你想太多了。到底朱嘉靖是不是相關人士，從來不是我考慮的事。而鄧偉怎樣處理朱嘉靖是他的事，與我們無關。我只是做生意，領錢辦事，也交了差。」

曹新一覺得好荒謬。

當初他認識的巫師非常專業，說得頭頭是道，是他的榜樣，其後發現巫師虛有其表，只是混水摸魚。

巫師在他心目中的地位不斷下跌，現在他發現巫師根本就是——

「你這個不負責任的混蛋！」

曹新一站起來，居高臨下注視這個改變自己人生的大恩人，覺得非常羞愧，因為就是這個混蛋把自己從泥濘裡拉出來。

巫師不以為然，對他豎起中指。

「你以為偵探社是慈善組織嗎？我們要交租金，還有燈油火蠟和你們的薪水。你可以懷疑朱嘉靖，但我告訴你，她的行為之所以不符合你的預期，原因很簡單，她雖然很有錢，但其實只是個投胎比你我好、不會做生意、生活圈子狹窄、沒有常識、不安好心的失婚女人。這種蠢人死不足惜。你再為這個蠢女人查下去，就和她一樣蠢。」

曹新一反覆細想巫師的話，似乎不無道理。

巫師又道：「我就是一個混蛋，也不介意你討厭我，但我會關心你的生活，包括你和那個小女友的無性生活。」

曹新一對巫師回敬中指，深深呼吸了幾口氣，讓自己冷靜下來。

「我和你一樣是混蛋，所以並不特別討厭你。我一樣會關心你的生活，包括你一個人的無性生活。」

巫師舉起咖啡。「太好了。敬我們這兩個混蛋！」

然後兩人一起笑出來。

164

朱嘉靖曾經因為做身體檢查而入住過位於灣仔的劍橋醫院多次，獲得很好的照顧，有時會覺得這裡和酒店一樣讓她感到自在。

每張病床的頭頂都有部床邊終端機，放在吊臂上。她沒有力氣拉下來，只能叫護士幫忙。

「妳要好好休息。」護士一邊幫她一邊溫柔地說。

「我OK的。」朱嘉靖用力說。

公立醫院的護士講話帶著不容否定的權威感，需要病人的絕對服從，但私營醫院視病人為客戶，以客為尊，只要不過分，護士都樂於協助。

窗外藍天白雲，漂亮得令人忘記疫情。

世界仍然充滿不確定性，沒人知道明天會發生什麼意料之外的大事。

「妳怎麼不好好休息？」一個女醫生進來說，她身上夾帶薰衣草香味。

雖然她戴著口罩，但朱嘉靖憑聲音就認得出是院長楊金英。二十多年前她們初識時，楊金英剛從父親手上接手劍橋醫院，成為近百年來第一位女性院長。

「沒想到妳會大駕光臨。」朱嘉靖知道老朋友一定會親自來見她。

「妳轉來我們醫院，等於給我們做廣告。」

「妳們醫院不需要再做廣告吧！」

「怎會不需要？自從一九年開始，我們流失了大量內地客。現在移民潮下，很多老主顧都走了，對我們的生意影響深遠。雖然還不知道什麼時候才能通關（解封），但我怕就算通了，很多客人都不會回來。」

「很多行業都是這樣。」

「對，但我們比很多行業嚴重。從去年下半年開始我們每一科都有醫生和醫護人員流失，要向公立醫院挖角，不然連手術都做不成，不少手術曾經因找不到醫生而延期。妳說我們處境是不是很惡劣？」

楊金英的曾祖父在二十世紀初創立這間私營全科醫院，三房人曾經上演像電視劇那樣的激烈家族內鬥。後來楊金英的父親奪得控制權，並引入現代化管理。

楊金英接受訪問時說，她本來打算讀藝術，但兩個哥哥一個在美國留學時遇上交通意外離世，另一個根本考不上醫科，反而轉去從事藝術和音樂等工作，最後她臨危受命，在中四（高一）暑時由文科轉去讀理科，只用大半年時間去準備中學會考就考取九優的優異成績，成為當年的女狀元，並獲得九龍大學醫學院的暫取生資格。

「我肯定我們家族成員都有成為醫生的優秀基因。」她笑說：「所以懷疑二哥是故意考不上醫科。」

楊金英在公立醫院工作多年後才回去劍橋，不到十年就接班成為院長。

不過，她的女兒就沒這麼好運，三年前雖然順利考入讀醫學院，但在白袍禮（授袍儀式）前夕疑不堪壓力，在他們家族的大宅裡上吊，成為當年第六個自殺的醫科生。

由於女兒背負本地龍頭私家醫院家族繼承人的使命，她的自殺事件不只引起社會關注醫科生承受的壓力，也令社會反思家業繼承者的重壓。

楊金英的兩個兒子無意接班，不過，經過女兒血的教訓，楊金英和家人學到一件事，如果要把私營醫院辦好，就不要把它當成家族企業，這只會搞死醫院搞死家人。

她姓洪的丈夫家族血液裡一樣有行醫的天份，兒長是劍橋的內科部門主管，他女兒是心臟科名醫，兒子是外科聖手，所以由他們家接班也沒有問題。

兩年多沒見，楊金英的外表由中年院長，急速變成初老院長，一頭白髮非常顯眼。

「妳這次不幸中的大幸，就是發現妳的心臟有問題。看情況妳要換個永久心臟起搏器（心律調整器）。我們的心臟科主管會向妳親自說明。」

聽到這句話時，朱嘉靖心跳得厲害。

「心臟起搏器有可能被駭客入侵嗎？」

「哈哈，妳別太擔心。當妳聽到這種新聞時，表示醫療器材公司已經填補漏洞。我們有新款的心臟起搏器（心臟節律器），它有個APP可以讓妳監視心臟的情況。不過，這東西不是完全安全。要避免接近高磁場的地方，像高壓電纜附近。大部份家電都安全，妳不會貪玩用吸塵機吧！只是吹風機要注意一下，有些型號的磁場非常強。」

「我一星期去阿Tim的髮廊一次。」

那間尊貴級髮廊和高級餐廳一樣，要三個月前預約，不做生客。朱嘉靖每次去都會碰到戴上墨鏡的一線明星，或者由隱形保鑣陪同的闊太。

「他們的吹風機是我介紹的，保證安全。」楊金英說。

「我不擔心這個，但愈來愈覺得我那天滾落樓梯不是意外，而是有人把我推下樓梯。」

楊金英在床邊的椅子上坐下。「妳看到是誰嗎？」

「他戴著口罩，我看不到。」

「那可能是妳昏迷期間的幻覺。」

「不，那是真的，我甚至記得那個人雙手用力拍在我胸脯上。」

楊金英右手輕輕搭到朱嘉靖肩上。

「妳的話我無法判斷，我會指示這層的保安（保全）人員多在妳的房間外面巡邏，但我覺得，妳要先好好控制妳的情緒。恕我直言，妳幾年前進來時，在病房裡和Ricky吵架，妳激動到把手機摔到地上。我不評論妳的家事，但這種事會影響妳的身體狀況，希望妳能好好克制。如果遇上壓力，請深呼吸三口氣，讓自己放鬆。」

朱嘉靖點頭稱是。

165

楊金英離開後，朱嘉靖才慢慢想起Ricky那張醜陋的臉，那也曾經是她心目中最喜歡和最信賴的側臉。

好久以前，他們還在加拿大讀書時，他說人生三大目標，就是創業成功、和她結婚生子，然後一起變老。

她很高興自己佔據他三分之二的人生目標，並和他逐一實現。

可是，他創立自己生意後，人生目標變愈來愈多：賺大錢，更多人脈、更高的社會地位，和其他她不知道的目標。

他愈來愈忙，她在他的世界裡的份量，就像他送給她的公司股份一樣，被稀釋得愈來愈少。

她很清楚男人有錢後會搞什麼花樣，所以努力打進他的朋友圈，和他們交換各種是非八卦，希望自己不要和其他太太一樣，成為最後一個知道丈夫在外面包養或玩女人的人。

不過，知道得愈多，她愈瞭解男人好色是阻擋不了的事，就算男人不採取主動，也有懂得很多花樣的女人源源不絕自動送上門。

她在一個舞會上見到金夫人，是朋友介紹給她認識的，兩人還握手和交談。

金夫人的打扮和舉止都和她想像中的皮條客拉不上關係，舉手投足就像去專門學校接受過儀態訓練，對紅酒、美食、時尚潮流、文學、歌劇、電影、心理學、世界各國的風土人情和歷史、政治和時事等話題都能聊上幾句，任何男人都會被她的風采迷倒，朱嘉靖覺得這種花言巧語正是令男人神魂顛倒的迷湯。

就算金夫人和她旗下的小姐奉行「不搶人夫，不破壞家庭，不做情婦」的「三不」原則，但朱嘉靖一樣認為她們是敵人。

她找私家偵探調查丈夫的行蹤，又和丈夫斤斤計較，特別是錢銀方面。

後來私家偵探報告說她丈夫和一個二十多歲的女子過從甚密，經常帶對方去吃飯，去的往往不是高級餐廳或酒店，那些地方容易碰到朋友，而是名字她沒聽過風評也一般的小餐廳。

私家偵探查不出他和這個女子怎樣結識。兩人屬於不同生活圈和階層，沒有共同朋友，工作上也沒有交集。

唯一的可能，就是在網路上結識，特別是用戶極多的約炮神器自由愛。偵探說他們很多感情調查的起點都是自由愛。

「自由愛的廣告說他們的客戶可以自由地愛人，也可以自由地被人愛，不受性別、年齡、膚色、性向，甚至婚姻狀況所限。在自由愛，愛情很自由。不過，他們沒說的是，對他們客戶的伴侶和孩子來說，自由愛是對家庭或穩定的關係自由地進行破壞。」

某晚朱嘉靖收到偵探通知後，趕去一間只有四張桌子的高級餐廳，人贓並獲地發現快四十歲的Ricky和一個看來二十出頭的小女生包場慶生。

他臉上有著她很久沒見過的笑容，是她年輕時他會向她展露的笑容，那時兩人談著美好的承諾和未來。

金夫人底下的小姐只提供一買一賣的服務，下了床出了房間後就兩不相欠。這些小女生卻不一樣。她們想用這座城市裡女人最快速致富的方式：嫁給有錢人。如果目標有妻子也沒關係，取代對方就可以。現今社會，笑貧不笑娼，更不笑有錢人的太太，大家都會爭相討好她。

朱嘉靖眼前的小賤人正準備取代她的位置。她不由分說，上前摑了小賤人一巴掌。

「啪！」

那一掌打下去不只發出聲響，連她的手掌也感到痛。

「妳幹什麼？」

身份仍然是她丈夫的Ricky用力推開她，把她當成是破壞他和小賤人的第三者。

要不是侍應扶著她，她就會直接倒在地上。

她想起「出軌關係裡沒人愛的那個人，就是第三者」這句話，氣在心頭，剛準備和他吵架，就激動到暈倒，被送進公立醫院，最後轉院到劍橋。

她沒事，只是想避世，不想見到他。

他厚著臉皮懇求見面，帶了鮮花來探望。

「你要我原諒你的話……」她剛想說出條件，就被他打斷。

「我和她透過自由愛配對，是真心相愛，希望妳能成全我們。」

他打算把兩人的夫妻關係由現在進行式變成過去式，把未來式的可能性全部抹煞掉。

這等同於毀掉她一生的幸福。

「你快清醒，那小女孩只是貪慕虛榮，喜歡你的附加價值大過你本人，是你人生的寄生蟲，早晚會把你吞噬。」

「不，我從來沒向她透露自己的經濟狀況，只說自己是上班族。」

「可是你這白痴帶她去的高消費場所，一般上班族根本負擔不來！」

他不蠢，也沒有變蠢。她看不上蠢男人。

這個以一級榮譽畢業又長袖善舞的男人只是在騙她。

他沒有答話，也就是承認。

「我比她聰明，比她漂亮，比她高。你還在打拚的時候，我就和你在一起。和你在一起的時間比她長，我有什麼比不過她？」

他垂下頭，不敢和她的眼神接觸。

她知道他沉默的理由。

對，她什麼都比不上妳，除了一點，她比妳年輕。

他沒有開口傷害她的心靈，卻直接用抉擇傷害她。

她和他在病房裡沒有愈吵愈激動或用語言互相攻擊對方，而是沉默。

冷戰。

這是他們之間的吵架。

她用眼神攻擊他，期待他反擊，但最後他一聲不響離開，沒有回頭。她氣得抓起手機摔到地上。

她拒絕離婚，要他單方面提出離婚申請，增加他恢復單身的手續和時間成本。

如果她只是被偷去名牌手袋，那就算了，錢財乃身外物。可是，他是她的一生摯愛，被小賤人偷走後，她就像失去自己的靈魂，失去人生的意義，失去了所有。

小賤人毀了她的一生。

自由愛也是。

如果能打倒自由愛，她願意不惜一切，可是，自由愛是一家高科技企業，就算她傾家蕩產也打不倒。

退而求其次，她只好對付在自由愛上打滾的壞女人，那些只會張開大腿的寄生蟲。

闊女人。

用闊去搶男人的女人。

除了闊沒有其他本事的女人。

妳們這些賤貨喜歡張開大腿，就讓我找男人瘋狂地蹂躪妳們吧！不管在精神上，還是肉體上。

她努力多年後，自由愛最終成為那些賤貨的墓地，也被視為萬惡資本主義的象徵，她本人更被視為反抗軍的首領。

她的支持者送花到醫院希望轉交給她，但不管是公營還是私營醫院的發言人都表示，在疫情期間不宜接近醫院範圍，也不會代為轉交。她們轉而向她和互助組的臉書帳號湧入大量留言打氣。

她突然大受歡迎是意料之外，只是，她萬萬想不到，在她入院一個月後，「魔童」鄧偉會在大廈升降機裡被殺。這事一定和其他成員被殺有關。

把她推下樓梯的人，到底和殺魔童的是不是同一個人？是誰？

如果對方知道她沒死，會否窮追不捨？

166

小珍不是逐漸習慣疫情下的不正常生活，而是沒有選擇餘地，就像在疫情期間，很多人的注意力無可避免地集中在疫情上。

可是，人類的本性很難改變。討論區另一類容易引爆的話題，無論是疫情前或疫情後，都是沒有營養的八卦，譬如揭發名人私隱……和她最害怕的，揭發女人的——不是私密照那麼簡單——而是床上照和影片，並附上女主角的本名、出生年月日、上過的大學，擔任過的公司職位，一如她們的床上照般一清二楚。

這不是單純的分享，而是非常惡毒的人身攻擊，要置人於死地。

而且，似曾相識。

第一波攻勢是把受害者的床上照和影片散播到好幾個討論區。

第二波就是一堆人跳出來說認識她，並貼出她的生活照為證，指她平日就放蕩不羈，見到男人不管對象都自動張開腿。

第三波就是另一堆人衝出來臭罵她，把她污名化，然後其他人跟著起鬨。

這裡面一共有二十個帳號在帶風向，而且全部的帳號都是在一個月內登記成立。當火種開始在不同的山頭上點燃，其他網民會自發組成第四波、第五波、第六波，和疫情一樣，把火種帶到更多山頭，用熊熊烈火把山上的女人燒成灰燼。

雖然有冷靜的網民力排眾議，說這是個人私隱，不構成公眾利益，但其他網民仍繼續指責她是蕩婦，強調和她上床的其中一個男人是有婦之夫。

很多女網民跳出來罵她，比男人更凶狠，甚至發電郵到她上班的公司，向管理層施壓要求辭退她。

排山倒海的攻勢如巨浪般，足以掩沒任何反對意見。

這一切似曾相識。

「只要妳是女人，就會帶上原罪。」美茵說過：「不管是不婚、無性戀、同性戀，或情史豐富、結婚又離婚、單親媽媽，其他人不管男女，都永遠會看妳不順眼。」

「為什麼？」小珍不懂。

「已婚男女被囚禁在一夫一妻的籠子裡失去自由，只有羞辱和他們不一樣的人，心理才會獲得平衡，最好是針對沒有還擊能力的女人。有些弱者的反抗方式，就是攻擊更勢孤力弱的人。這種針對女人的攻擊沒有性別平等可言。」

「沒有解決辦法嗎？」

「沒有，我們的科技不斷進步，但很多觀念沒有追上來，反而不斷惡化，像『人言可畏』這個出自古籍的四個字，現在無分國界的網路世代最有共鳴。即使遠在地球另一端不認識妳的人也可以批評妳、羞辱妳，數量可以多到妳看不完，也應付不來。」

這是美茵剛從北歐回來時講的，沒想到一語成讖。

幾天後，小珍收到曹新一的短訊詢問。

「這八個女性的名字在那個群組裡出現過嗎？」

小珍認得她們全是最近在討論區被爆料和羞辱的名字。

司徒素珊生前給了她一張填滿人名的試算表，上面還有出生日期和聯絡方式。「雖然不知道有什麼用，但也許有機會用到。」

小珍拿名字去對比後回答曹新一。

「不是全部，但有一半是」

「那更早之前，從今年五月到八月期間，妳們的名單裡有人在討論區被爆料嗎？」

「名單上好多人，我要一個個去查」

「隨機抽三十個就可以」

「一個也沒有，但在一月到五月有十三個」
「每個月都有？」
「是」
「謝謝！妳幫了我很大忙」
「是什麼？」
「我找對了人，而且，她沒有同謀」

167

這天Cindy來探望時，叫她的私人助理把一束紅玫瑰插進花瓶裡。
「醫生有沒有說妳什麼時候可以出院？」
「他說我康復得很不錯。下星期就可以回家休養。」朱嘉靖一直盯著那個私人助理問：「為什麼今天是紅玫瑰？」
「紅色有活力，像妳。」Cindy脫下口罩。「還是妳想要白玫瑰或紫羅蘭？」
「只要不是白玫瑰，什麼都可以。」
朱嘉靖不會說，Ricky其中一個小賤人在自由愛的代號就是「流浪的白玫瑰」，老套得令人尷尬。男人要蠢到什麼地步才會被那種貨色迷惑？是不是所有谷精上腦（精蟲衝腦）的男人都這樣？

「如果我約妳一個月後辦活動，會不會太早？」Cindy問。

朱嘉靖知道Cindy不做沒有意義的事，這個精明的女人就算動一根手指也有其用途。

「什麼事？」

Cindy注視了助理一眼，那個年輕女孩隨即離開，把門輕輕關上。

Cindy走近朱嘉靖，不是坐在床旁邊的椅子上，而是坐在床邊。

「妳現在今非昔比，大家都對妳很有興趣，不過，這種熱情維持不了多久，再過一個月，等新鮮感過後，就有下一個媒體寵兒取代妳。唯一的解決辦法，就是辦一場活動，實體的活動，讓妳的粉絲面對面見到妳，和妳交談，這樣就可以把她們對妳的好奇心，拉近到變成真正的認識，發展更長遠的關係。妳有興趣的話，我來安排。」

朱嘉靖當然知道這套遊戲規則，Cindy也太小看自己了。

「場地？」

場地決定來賓的等級，這是常識。

Cindy露出「妳是行家」的眼神。

「我會安排，一定不會失禮。」

「有哪些人選？」

「我會親自致電我最有本事的五十個名人朋友，叫他們帶上三個他們認為最有本事的朋友。這裡面的人選一定有重疊，但沒關係，妳會認識至少一百個香港精英階層裡的精英。有沒有能力把他們變成妳的人脈，甚至盟友，就看妳的本事，不過，我會盡力幫忙。」

朱嘉靖秒懂。

Cindy的如意算盤是，利用自己的名氣，去收割她的人脈，穩賺不賠。

其實朱嘉靖也一樣，利用Cindy的人脈去開拓自己的人脈。

「就讓妳安排好了。」

168

曹新一再上巫師家求助，和上次不一樣，這次他有結結實實的證據。

「我確定朱嘉靖就是藝術大師，時間上完全吻合。她沒有同謀。」

可是巫師聽完他的話，眉頭比上次鎖得更緊。

「那又怎樣？那女人手上有幾百個有名有姓的人質。不管你在網路公開這件事，或者警方上門，說不定她只要在手機上按一個鍵，就可以把資料丟到網路上，保證同歸於盡。

我會想到，她不會想不到。」

「那就直接走到她面前，搶走她手上的手機。」

巫師搖頭，在電視上播放朱嘉靖的YouTube影片。

「朱嘉靖已經不是幾個月前那個不為大眾所知的女人，現在她去到哪裡身邊都有一大堆人簇擁她，包括她的好姊妹兼代言人兼保險經紀，此外還有兩個大塊頭的保鑣。別說你一個陌生人難以接近她，就算找職業殺手，恐怕也沒人願意去殺朱嘉靖這個名女人，給自己招惹麻煩。」

曹新一反覆思考巫師的話。

如果朱嘉靖遇襲，警方一定會全力緝凶，殺手一定會落網。

那個殺手被送進去坐牢後一定會遭受私刑。

像阿諾那種鐵了心不會出來的囚犯一定糾集其他囚友，在浴室裡把他粗暴地按在地上用牙刷捅他菊花。

曹新一難得找到big boss，難得巫師認同自己找到的答案，那人沒理由可以逍遙法外。

「那還有什麼方法？」

「沒有。」巫師斬釘截鐵道。

「怎會？」

「怎麼你跟了我還這麼久還不懂？你現在要對付的，是個頭頂有光環的女人，她現在多了很多很有力的朋友。她們會在她看不到的地方維護她，因為只要她是這個時代的英雄，她們就可以從她身上分到英雄的力量。你的證據太薄弱，也有爭議，只會被她的擁護者指為抹黑，是陰謀論。現在是後真相的時代，找到證據不代表什麼，重點是怎樣解釋那些證據。如果她被捕，一定會有一堆大律師爭著幫她辯護，也會找到方法讓她脫罪。」

曹新一腦海一片空白。

這個女人不管在明在暗，都近乎無懈可擊。

「朱嘉靖在疫情前結束了一間公司。」巫師又道：「你猜是什麼業務？是個叫Paradise的連鎖時鐘酒店集團，在香港和九龍一共有四間，以私隱度高見稱，找了兩個年輕人叫他們聲稱是創辦人去掩人耳目，其實她才是幕後金主。你覺得她真的是好心提供舒適和保密的地方給大家做運動嗎？裡面一定有很多裝置，偷拍盜錄什麼都有。」

曹新一懷疑這是小珍跟他提過司徒素珊去找眼鏡的那一間。

「沒想到朱嘉靖會有這種部署。」

「風險管理第一件要考慮的事情，就是假設所有風險都存在，再評估風險大小。我說朱嘉靖是蠢女人，是騙你的。她非常聰明，不是善男信女。這種人如果出陰招，別說不是一般人可以走法律途徑在陽光底下光明正大循規蹈矩去解決，也不是我們這種小型偵探社可以應付……」

巫師對著電視機比中指。

「……回去睡吧！你的命格不是超級英雄，我也沒有做大事的膽量，找到她只是飛機撞紙鷂，錯有錯著（瞎貓碰上死耗子）。要對付這種有錢有人脈的big boss，我們連上台的資格都沒有。不過，信我，她這種人渣，有報應的，遲早等天收。」

巫師關上電視機，把遙控器丟到沙發上。

曹新一終於明白，會說出「等天收」這三字的人，其實心裡有多無力、絕望和悲憤。巫師也許在開偵探社時很有志氣和堅持，等到雙腿被撞後，就逐漸明白自己的能力有限，到最後就成為現在這個重視成本和業績、知所進退的商人。

「可是放手讓那種人……沒有報應，我很不甘心。」曹新一說。

「等你在這個行業裡打滾個幾十年，就會麻木。世界就是這樣運作。別再浪費時間查下去。我們的工作早就結束。鄧偉把朱嘉靖從長梯上推下去，但最後變成他和司徒素珊死掉，朱嘉靖反而活下來，」巫師隔了半晌才接口：「那，就是天意。」

169

曹新一回去房間時，不小心把門卡塞進門卡孔，結果房間的燈自動全開。

不是所有自動化都能帶來優點，就像物聯網設備，也方便司徒素珊把那幾人送上西天。

「天呀！你怎麼兩點多才回來？快睡吧！」

趙韻之說完，倒頭回去她那個平和安靜的世界。

曹新一沒有多話，靜靜帶著平板進去洗手間，坐在馬桶上沉思。

朱嘉靖在訪問裡說，因為心臟出問題，所以安裝了心臟起搏器。

那種能拯救人命的玩意，也是物聯網裝置。

他不知道朱嘉靖用的心臟起搏器是哪個品牌，可是，醫療產業最不缺乏的就是資金和投資者。

新款的心臟起搏器，肯定都堵塞了漏洞。

也許像司徒素珊那樣厲害的駭客能找出漏洞，只要給她時間，她一定能找到。

這個比他大差不多二十歲的女人，不管意志和駭客本領都比他厲害，人生最大的不幸，除了生為女人，就是人生一直碰到障礙，侷限了她的發揮。

游得再快的魚，只要被丟到小池塘，就永遠游不到大海。

他一直追蹤她，也同情她、佩服她，更為她的結局感到可惜。

她從決定生下女兒開始，就失去追夢的自由，到痛失女兒後，也失去享受天倫之樂的自由。她最後不得不為女兒復仇，也等於失去選擇的自由。

她活了四十多年，卻沒有擁有過真正的自由。

其實他的情況也沒好到哪裡去。

由於無法為司徒素珊報仇雪恨，因此失去忘卻她的自由，此外，也沒有找到可以向趙韻之暢所欲言的自由。

人生沒有想像中那麼多自由。

他在馬桶上坐到天亮，然後收到巫師傳來的訊息。

「你和那個連環殺手凌友風待過同一個監獄嗎？」

「對，什麼事？」

「聊過天？」

「有」

「他得了肺癌，如果你想見他最後一面，就趕快行動」

第十六章／復仇女神的正義（2021）

170

幾年不見的凌友風，現在要靠拐杖輔助步行，也面黃肌瘦，即使戴上口罩也遮掩不了。

曹新一見過這種外表的癌症末期病人。走路不穩是因為癌細胞上腦，也就是，「嗰頭近」，快到彼岸。

因此，他可以在疫情期間獲得恩恤，讓訪客探訪。

如果跟人家說自己去監獄聽連環殺手分享人生道理，一定會被很多人取笑。

「那種變態佬除了殺人還懂什麼？」

不，凌友風不一樣。他懂的事情超出一般人太多了。

凌友風因化療掉光了頭髮，坐在玻璃分隔板後面，提起話筒。第一次拿起時幾乎要滑掉，得用雙手捧著。

連環殺手就算不必被吊死或槍斃，也要面對上帝執行的死刑。

不，這是人生必經之路，就算連環殺手也無法倖免。

「我帶了書給你。」曹新一拿起金庸的《天龍八部》新修版第一冊。「這是他的作品裡修改得最多的一本。你可以當成新書看。」

凌友風輕輕搖頭。

「我好懷念看《天龍八部》和《笑傲江湖》的日子，可是，我沒能力再看書了，現在我的記憶力只有十頁左右，讀到第十一頁，就會忘記第一頁。」

「那好可惜。」曹新一懊惱自己沒想到這一點。

「你送書給我，我很高興。我永遠記得閱讀給我帶來的樂趣。」凌友風的眼睛失去了昔日的神采。「新進來的年輕囚友都不看金庸了，那才真的可惜，像失去了蕩氣迴腸的體驗。」

「那你剩下來的時間怎麼過？」

「思考。」

凌友風的答案像個智者，但曹新一覺得追問他「思考什麼？」會像盤問，正思考怎樣接口時，凌友風逕自說：

「思考是我最重要也最自由的時光，沒有人能限制我在想什麼，我的靈魂可以上天下海，出入生死之間。」

那是因爲你無法離開才這樣說。

「你有沒有申請假釋？」

對待這種臨終囚犯，懲教署有時會酌情處理。在殖民地時代，「跛豪」吳錫豪（1930-1991）因販毒被判囚三十年，但在生命盡頭時獲時任總督衛奕信（David Wilson）特赦出獄。

「你說到外面看嗎？」

「對，你好像說過，希望能能重獲自由。」

「沒錯，但我比幾年前更老了，現在這模樣到外面，別說去到哪裡都要坐輪椅，也可能會有『柳記』（懲教署人員）二十四小時跟著。所有人都會當我是怪物來看，甚至罵我，要我道歉、殺人償命，恐怕比在這裡更不自由。在這裡我雖然看似失去自由，但我可以坦然做回自己，也就是說，反而最自由。」

生命來到盡頭的連環殺手，言談間仍然充滿智慧，曹新一很少在其他重犯身上見到。

「記不記得我跟你說過的話？」凌友風問。

——「十個黑社會，一半是因爲口沒遮攔而回來。」

——「很好，沉默是金。」

——「在監獄這地方，很多人經歷人生低潮，當大家是彼此的心理醫生把心裡話說出來。如果習慣了這種交淺言深的說話方式，會吃大虧。」

「我記得。」曹新一點頭，他當年沒想過凌友風的這些臨別贈言後來會成為自己的人生信念。

「你找到那個人嗎？」

「算是知道他的下落。」

「那我知道你來找我做什麼。」

「不，不是那個意思，其實我只是來看看你，畢竟，相識一場。」

凌友風放下話筒，換另一隻手托著。

「很多人回來探我，如果不是來訪問我，就是問我各種意見，其實我就只是一個沒有見識的監躉，沒有什麼可以教人。」

「不，你教了我很多，我會再來探你。」

「不用了。」凌友風緩緩搖頭。「我不想被人家看到我最後的樣子。你是我最後一個見的人，這也是最後一次。我註定遺臭萬年，就是那個生人勿近、令人聞風喪膽的連環殺手、變態佬、黐線佬，但，絕不是一具乾屍。你懂嗎？」

「我懂。」

曹新一和凌友風相視而笑，即使看不見對方口罩後面的笑容。

就算連環殺手，也和癌末病人一樣，不想被外人看到自己被癌細胞侵蝕的模樣。

「你還記得那個大塊頭阿諾嗎？」凌友風問。

「記得，他怎樣了？」

「兩年前跑步時心臟病發死掉。活該，他一輩子沒想過做好人。我不懷念他，但你不是。」凌友風從握電話的雙手，抽出一根手指指著曹新一。「我看得出來。你的眼睛後面有個善良的靈魂。」

曹新一不知道怎樣回應。

凌友風又道：「讀了這麼多年小說，有一句話我非常喜歡。『道別，就是死去一點點』。再見了。我的朋友。我的人生列車正走在向世界道別的高速公路上，最終目的地是地獄，我們不會再見。你要盡情運用我所沒有的自由，不要行差踏錯，好好活下去，你這種好人要上天堂。」

171

小珍在律師樓門口見到麗貝卡。

有些律師像會計師，開口提的都是錢。有些像法師，講的話你一句都聽不懂。有些像廚師，只視客人為一隻大肥羊，只思考怎樣去煎皮拆骨，只差沒有吞口水。

劉律師是司徒素珊生前找的，很有耐心地講解她的遺囑。

原來司徒素珊在多年前，小珍算起來就是在她決定執行復仇計劃前夕，已立下遺囑，把她的全部財產，包括銀行存款、股票和現在她住的物業，均分給她和麗貝卡。

「我本來以為司徒素珊會把大部份身家捐給慈善機構，或者叫我們幫忙處理事情。」

麗貝卡說出小珍想說的話。

「她本來有這想法，但信不過香港的慈善機構。」劉律師解釋道：「她把房子變賣的話，資產總值超過一千萬港幣，有資格成立慈善信託基金，但要付不少費用給信託人。所以，她最後決定倒不如把錢所有資產留給兩位，由妳們去處理，可以考慮成立基金幫助受傷害的女性。」

小珍覺得自己肩上變得很沉重。

「我沒想到要處理這種事。」

「她沒有硬性規定妳們一定要做。」劉律師笑道。「如果嫌太麻煩，就不用辦。她還說，妳們應該過妳們想過的人生，而不是替她辦理事情，她的遺產就是餽贈給妳們的禮物。」

「司徒素珊真是老朋友，不管人在不在，都一直給我麻煩。」麗貝卡望向小珍說：「我放棄繼承她的遺產，全部都給妳吧！」

小珍睜大雙眼，「怎可以這樣？」

連劉律師也問：「妳說真的？」

「當然，我準備移居英國，繼承這筆遺產要繳百分之四十的重稅給英國政府，那倒不如全部留給妳，反正我不缺錢。」麗貝卡說得很霸氣。「小珍，司徒素珊跟我說，妳跟家人不和，這屋子可以成為妳的安樂窩。不過，我要提醒妳，妳很年輕，就算把屋子賣掉，那些錢也不夠妳過一輩子，所以妳仍然要努力工作。」

「我明白。」

小珍覺得這天的事情很夢幻，不，不是夢幻，司徒素珊早就計劃好了，因此視死如歸，無後顧之憂。

離開律師樓後，麗貝卡在在大街上問小珍：「司徒素珊的遺願到最後達成了嗎？」

「什麼遺願？」

「就是報仇。別以為我不知道。」

「我知道妳知道，但她盡了力，能做的事情都做完，我也沒本事幫她完成。」

「很可惜。」麗貝卡給小珍深情一抱。「答應我，不管世界變成怎樣，妳要好好活下去。日後妳打算移居英國，就聯絡我，我會幫妳，就像司徒素珊那樣。」

小珍鼻子一酸。「為什麼妳和司徒素珊都這樣幫我？」

「說什麼傻話？我答應她幫助妳呀！制度是男人設計出來的，偏幫男人，所以女人一定要幫女人。」

「這是還給你的錢。」曹新一在大神面前放下一疊嶄新的五百塊錢鈔票。

大神馬上放下手邊的工作，不客氣把錢收下後才抬起頭。

「你哪來這麼多錢？做鴨（牛郎）嗎？」

「你太看得起我了，那種體力活我做不來。」曹新一想說，床上運動比在貨倉工作消耗更多體能，「精盡人亡」那四個字真是沒有說錯。「偵探社生意好轉，巫師提早發花紅。你最近的生意也不錯吧！」

「不過不失。今晚要不要一起吃飯？」

由於疫情嚴峻，政府規定晚市禁堂食。曹新一問：「叫外送在這裡吃？」

「當然不是，我有祕密食堂。」

大神站起來。即使經過疫情的折磨，他的身形仍然龐大。恐怕人類登陸火星比大神瘦下來還容易。

曹新一發短訊給趙韻之說不回去吃飯後，就跟大神拐進附近一條後巷，從後門進入一間茶餐廳。裡面一半桌子坐了人。

沒有人理會室內禁煙法，大家盡情地吞雲吐霧。整間茶餐廳煙霧瀰漫。曹新一很久沒見過室內的煙霧多到像毒氣室的樣子，非常後悔跟著來。

大神挑了個遠離煙霧的座位，屁股剛坐下來，伙記就放下兩瓶啤酒。

曹新一沒來過這家茶餐廳，不知道食物水準，所以大神點什麼他就跟著點。

當食客和伙記都是男人，不只說話夾雜粗言穢語，嗓門也大得像吵架，廣東佬的豪爽表露無遺。

曹新一和大神不必擔心會被偷聽。

「你那個劏房死人案件最後怎樣收場？」大神向他灌酒。

「你和巫師不是比我想像還要熟的嗎？怎麼他沒跟你說？」

「他不說，我就不好意思問他。」

大神是情報收集中心這點有兩個意思。當你需要大神的情報時，他是傳播花粉的蜜蜂，可是當大神露出向你收集情報的意圖時，就變成吸血的蚊子，神憎鬼厭得令人想把他拍死。

可是，曹新一欠下大神一輩子也還不了的人情債，不管那次大神是不是受巫師指使。

「我們找到幕後黑手是誰，但對方的後台太厲害，我們動不了，沒人動得了，巫師說只能等天收。」

「又是這樣。」大神嘆了口氣。「是誰？」

「最近那位風雲人物。」曹新一見大神一臉茫然，補充道：「女中豪傑。」

大神先是睜大雙眼，然後快速眨眼，最後定住，像表示他在腦海裡把不同情報組合、刪除、還原、重新評估，畫出導向答案的連結。

「嘩，那確是好難好難處理，但換了在以前，巫師不是這樣。我剛認識他時，他非常勇猛，和清兵一樣，心口掛個『勇』字，腳被撞斷後變成和平份子，特別是在炸雞華死後。你聽過炸雞華嗎？」

「那時我還沒入行，也沒人跟我說。」

「很多人死後就和廁紙一樣被沖掉和遺忘。炸雞華我忘了本名叫蘇貴華或蘇桂華，本來在油尖旺一帶的炸雞店工作，『自由行』開通後，他索性自己開炸雞店，也加入黑社會，認高輝作大佬。」

曹新一沒跟高輝打過交道。高輝和門生師爺文都不是媒體會追蹤報導的黑社會人物，但江湖中人都知道他們業務繁多，除了黃賭毒和收保護費外，也會走私違禁品和經營夜場，包括只招待黑幫成員的RED Dragon，因此有相當的財力。

有財力，就有實力和輩份。

他們以前有個兄弟外號叫「大袋」，是個能夠以一打十的金牌打手，專攻擊對手下體。江湖流傳有人被他打到由雙蛋變單蛋甚至連蛋也沒有只剩下一條香腸。

他們和其他幫派的明爭暗鬥比港產片更精彩和刺激，沒有人會貿然惹上這幫人自找麻煩。

炸雞華能和他們混熟，當然不是善男信女。

大神說：「炸雞華賣的炸雞其實不算非常好吃，但宣傳厲害，永遠有一條至少三十人的人龍，一大半是遊客，也吸引很多明星和名人光顧，因此店外有個密密麻麻的名人照片牆，有些照片甚至會被偷。他嘴巴很厲害，後來搞上了一個富家女，巫師受委託去調查和談判。」

曹新一聽說江湖人物接觸很多風月場所出身的女性，因此往往練就很厲害的床上功夫，一般良家婦女只要交手一次就不能自拔。這個「嘴巴很厲害」，指的並不只說話。

「怎談？」

「就是嘛，所以幾個月後，巫師被車撞斷腳。」

曹新一聽過很多關於巫師斷腳的傳聞，這個最完整也像樣，所有涉事人物都有名有姓。

大神續道：「幾年後，炸雞華有天在路上跌倒，本來只是小事，不料送去醫院後發現傷口受細菌感染導致敗血症，那天晚上就死掉，就是佔領金鐘和旺角那年。」

「二〇一四年，我還是中學生。」

「中學生很好呀，學校是不是教你們『不要記仇，要寬宏大量』，要相信『善惡到頭終有報』？」

「後面那句學校沒教，怎可能？」

「沒有嗎？自從炸雞華出事後，巫師就相信這句話，比中學生還不如，成為溫馴的和平份子，等上天出手打救他。」

「直接說，就是船頭驚鬼，船尾驚賊（畏首畏尾），對吧？」

大神指著他。「這是你說的呀！」

「那個有錢女後來怎樣？」

「她父母下狠心和她斷絕關係，切斷銀根。沒有錢，她就只是個有眼耳口鼻有手有腳的普通女仔。ＩＧ上隨便一個女神都比她漂亮。炸雞華拋棄她後，她就自己回家。」

「很好呀，上了人生的寶貴一課。」

「對，反正被人屌醒，當然愈早愈好，等結婚生子後就太遲了。」大神轉換話題。

「你找到那個害你坐牢的大學生了嗎？」

曹新一點頭。

「巫師和樂律師提供的情報沒有騙我。不過，他們的情報並不全面。我挖到的新聞是，那人在四年前透過Anthony Nolan[5]的配對，抽取周邊血幹細胞捐贈骨髓，拯救了一條性命。經過兩年禁止聯絡期限後，他在組織安排下和受惠者見面。那是一個曾經因急性血癌而和死神擦身而過的小男孩，和家人一起擁抱他，感謝他這個素未謀面的陌生人像超級英雄般救了小男孩，他們拿出他當時寄出的一張張世界各地的風景明信片和他合照。他在每張明信片上只寫一個字，拼起來就是『你會活下來，去你想去的地方』。我找到那影片

5 Anthony Nolan：英國慈善組織，專注在白血病和造血幹細胞移植。

看。他說活了快三十年，人生一無所成，只有這件事讓他找到自己的價值。」

茶餐廳裡人聲鼎沸，大神的下巴掉下來。「見鬼，居然是這種狗血劇情。巫師怎麼不跟你說？」

「那就變成情緒勒索了。巫師用心良苦，要我自己發現，再決定怎樣做。不過，我永遠無法原諒害我坐牢的那個人。」

「啊！」大神發出叫聲，但很快被其他人你來我往的「仆街」、「冚家剷」、「你條撚樣」等髒話淹沒。

「他已經死掉，重生變成另一個人。」曹新一隔了半晌再道：「我也要學他那樣。」

173

小珍搬去司徒素珊和美茵的家後，並沒有做太多改動，沒這需要。

她盡量把舊物保存下來，彷彿兩位好友仍然在世，仍然在屋裡活動，仍然陪她一起看電視。

又或者，去了遠行，她只是暫時在這裡幫忙看家。

不過，基本的清潔和洗滌免不了。她不能讓這個家佈滿塵埃，否則太對不起朋友了。

她每天下班回家後都筋疲力盡，頂多只能花半個小時做清理，可是手腳很慢，有時又一邊清理一邊檢查和回顧，花了一個多星期，終於把這個家打理得乾乾淨淨。

以前她和美茵曾經一起在床上聊天。聊學業，聊家庭，聊政治，聊男人，後來，就是跟司徒素珊討論祕密行動，一個接一個。有些她答應，有些她拒絕。

但更多的是，拒絕不了。

她們要為美茵討回公道，把壞人逐一送下地獄。

如今一切完美落幕。

桌子上放置著很多美茵的照片，大部份是她和美茵的合照，其他的是美茵的獨照。

小珍沒數有多少照片，但知道最後定格在美茵的二十二歲。

這些都是美茵當年挑選的照片，但現在換成小珍接手這屋子後，就覺得這些照片需要好好整理一遍，展示新氣象。

174

巫師比預定時間早十分鐘抵達酒店的咖啡室。

他訂桌時說明自己是輪椅客，而且要談公事，所以店家安排了消防門外面的桌子，旁邊的牆上掛了張印象派的油畫。

他平日不會約客人在這種所費不菲的地方見面，那根本是浪費錢，不過這次需要來到這個物非所值的咖啡室。

柳漢華的遺孀比他更早到，也依照他說的，獨自一個人出現。

但他並不是一個人。

他一向不和女性客戶單獨見面，所以阿夢比他早十五分鐘入座，坐在離他兩公尺的鄰桌，坦蕩蕩地戴著耳機，可以從巫師的大衣鈕釦收聽到他們講的話，也可以近距離看到柳太的表情。

他見柳太面前的桌子空空如也，「妳點了飲料嗎？」

「等你來了再點。」

「那就兩杯招牌咖啡吧！非常有名。」

巫師點了飲料後就直入正題，沒浪費時間。

「聽說妳想報仇。」

「對。」她的眼睛馬上露出凶光。

「妳知不知道什麼是寬恕？」

「我沒有那麼偉大。」她壓低聲量。「我只知道，有人謀殺我丈夫。我要血債血償。」

「那我有答案給妳，非常詳盡的答案，也不收妳分毫。」巫師好整以暇，拿出柳漢華的手機，交給她。「妳可以拿這手機的序號去蘋果查機主身份。電話的六位數解鎖碼是妳的生日期。」

她解鎖，手機的背景畫面就是她和他一家四口的合照。

「怎會在你手上？」她抬起頭時，一臉驚訝。

「其實妳先生找過我，說自己性命受到威脅。他上來時，是和鄧偉一起，就是早前那個逼女租客以性代租的業主。」

她露出狐疑的眼神，但很快就收起來。

「我丈夫和那種人一起，不代表什麼。」

「最近有幾個自由愛的受害者說在約炮時被人下藥迷姦，並被人拍過照片和影片，在討論區上被廣泛流傳。」

「你暗示這是他做的嗎？不可能。他是個好丈夫，很愛我和孩子。」

「我不會否認他在妳的心目中是好人，但妳問過其他人怎樣看他嗎？我問過，他在上司眼中很聽話，是一流的馬屁精。在同輩眼中，他是很會耍手段的卑鄙小人。在下屬眼中，他是冷酷無情的人渣。在那些受害者眼中，他是毀滅她們人生的惡魔。總括來說，他這個人並沒有把世界變得更美好，反而變得更醜陋，也更讓人倒胃。」

「就是說，害死我丈夫的，就是其中一個女人嗎？」她無視他的評語。

這時侍應剛好把咖啡送來，輕輕放在桌上。

「要不要喝咖啡讓妳的腦袋清醒一點？」他建議道。「聽說不加奶比較好喝。」

她聽他的話啜了一口，很快就吐在杯裡。

「其實這裡的招牌咖啡難喝得要命。」巫師說：「有些東西看起來很漂亮，但實際上是另一回事。不是所有事情都應該找出答案。妳可以把事情鬧大，和那些受害者對質，還妳丈夫公道，為妳丈夫報仇，也讓她們認出妳一家來，妳的孩子會被標籤為『性犯罪者的孩子』，在維基百科上不知什麼條目被列出名字。他們以後怎樣抬起頭來做人，妳有沒有想過？妳丈夫的事就到此為止吧！讓妳丈夫留給孩子好爸爸的印象，不是更好嗎？當然，妳有選擇自由，堅持為妳的丈夫報仇，人家也一樣。妳的仇家不是十個八個，而是數以千計，加上她們的家人和朋友可能有幾萬人，分佈在各行各業，可能圍繞在妳身邊而妳一點也不知道。我不希望妳到最後發現，不但『血債血償』這四個字妳沒有資格講，連有哪些仇家也不知道，要一輩子活得膽戰心驚。」

175

「大班」的英文是Tai-pan，指的是從十九世紀到二十世紀初在大清帝國和香港經商的外國商人，後來指跨國企業的最高領導層。這些企業在香港買下給大班住的獨立屋，就是大班屋。

這間位於薄扶林的大班屋由兩座兩層相連的建築物組成，其中一座超過百年歷史，另一座只有三十多年，設有地庫酒窖和可以容納過百人的宴會廳。

兩座建築物以L字型連結，角位是兩個組成8字型的戶外泳池，其中一個水深過腰，可供游泳，另一個水深及膝，可供家人和愛犬玩水嬉戲。

泳池旁邊有個尖頂圓亭，往往是活動的舞台，也是無數大班那些上流社會朋友或其子女在婚禮裡宣誓的場地。

大班屋的地皮本來由某老牌英資洋行自一八四一年香港開埠不久開始持有，至今超過一百五十年，疫情期間香港實施嚴格的出入境管制，這任大班回英國祖家過聖誕後久久沒來香港，最後乾脆把集團總部搬去新加坡，而且，甚至把他家族七代人住過的大班屋賣掉。

這個象徵意義震撼香港和全球財經界。

簡夫人的家族買下大班屋後，花了一年多執修，又耗資幾百萬搜羅了多幅繪於十九世紀至二十世紀初的油畫，內容涵蓋剛開埠的香港、人物速寫，其中多幅是仿喬治·錢納利（George Chinnery）風格的作品，讓屋子洋溢著殖民地時代色彩。

簡夫人沒打算把這個歷史悠久的屋子轉售圖利，也不期待能在疫情期間找到新租客。

Cindy找到一集介紹大班屋的電視財經節目給朱嘉靖看，又說：

「這大班屋至今空置了大半年，簡夫人說很榮幸能提供場地給我們辦慈善舞會，希望能給大班屋帶來好運。妳覺得怎樣？」

朱嘉靖雖然有三億身家，在一般人眼中可以「三代打跛腳唔使憂」（三代人打斷腳也不用擔心），但這只是她父親剛好抓到香港在八九十年代黃金盛世只此一次的機會，賺到大錢留下來給她，後來時局變化很大，他們朱家沒有衰落，但再也賺不到大錢。因此，比起那些在香港縱橫過百年的藍血大家族，或簡夫人和她夫家那種低調隱形的富豪家族，完全望塵莫及。

在一八四九年至一八九八年期間，英國殖民地政府批出九百九十九年土地年期的契約，又稱「千年地契」，其後擔心會失去土地的長遠控制權及期內的潛在土地收益，因而在一八九八年五月後批出的土地地契主要分為七十五年期和九十九年期。目前，只有少數位於香港島及九龍的土地的契約年期長達九百九十九年。聖約翰座堂是唯一獲批永久業權（fee simple）的土地。

大班屋因座落在「千年地契」地皮上，即使洋行把裡面的物件清空，但最後連地皮的成交價達八億。

「這大屋無可挑剔。」她說。

不過，她要挑剔的是其他地方。

身處在這個有氣派的大宅，以及身家加起來數千億的超級有錢人裡，她覺得自己好窮。她們隨便一個身家都十億八億，甚至過百億，她明顯少一大截。

幸好她頭頂上擁有這些超級有錢人沒有的光環，要好好利用最近的聲勢好好賺大錢和提升自己的社會地位才對，不要浪費時間對付那些賤女人，反正賤女人像曱甴（蟑螂）一樣殺之不盡。

簡夫人除了提供場地外，也在慈善舞會上宣佈捐贈五百萬給互助組。

比整個人還大張的支票紙牌由公關公司準備。坐輪椅的朱嘉靖勉強站起來和簡夫人在泳池旁邊的圓亭裡給來賓和大會攝影師拍了一分多鐘。足踏四吋高跟鞋的朱嘉靖站到腳軟，希望這個儀式盡快結束，甚至乎，這晚的活動也盡快結束。

她成立互助組從來不是要幫助人，就算熱心的Cindy幫她快速把互助組正式登記為慈善團體，而且幫她找到資金，還有專業的律師、會計師、核數師、臨床心理學家等人士來義務幫忙，也無法改變這想法。

她只是騎虎難下，被逼著把這齣戲演下去，否則她熱心助人的人設就會崩潰。

拍完接收支票的照片，接下來就是和在場賓客逐一合照。這天她的工作和聖誕老人一樣要給大家帶來歡樂。Cindy在旁協助。這個女人的熱心不外乎是為了拓展人脈，其他志願幫忙的人也一樣。大家的笑容後面，埋藏了「各取所需」四個字。

四重奏樂團努力拉出一首首海頓、莫札特和舒伯特的名曲。和來賓的合照拍了半個多小時，仍然沒有拍完。

Cindy擅於察言觀色，見朱嘉靖的腳從高跟鞋抽出來透氣，就走到攝影師旁宣佈：「嘉靖好像有點累了，我們讓她休息十五分鐘。放心，稍後大家還有機會和她拍照。」

她推輪椅送朱嘉靖進去大宅，經過放置了一排排美食的飯廳和交誼廳，以及懸掛了一組油畫的長廊後，進到書房休息。

沿途所有人都對她們點頭致意，包括一個異常矮小的女工作人員。

現在很多人的書房裡已經沒有書架，就算有，也頂多只有十幾本書，但她們身處的這間書房其中兩面牆都被原木書架佔據，上面全是硬殼英文書，以歷史、政治、人物傳記和小說為主。簡夫人剛才帶她們參觀屋子時說，這是她從自家書房帶過來的，有些她們一家三代人都看過，特別是歷史書。

「大班那個家族也一樣，他們家出了幾個歷史學家，有位現在還在《衛報》（*The Guardian*）上面有專欄。」

朱嘉靖討厭歷史，在這個壓縮了幾百年甚至上千年歷史的空間裡感到渾身不自在。

Cindy關上門後，房裡只剩下她們兩個人，同時宣示，外面的人要接近朱嘉靖的話，都要先經過她這個中間人。她會收割所有人脈。

Cindy把朱嘉靖移到不知有多少年歷史的典雅木製扶手椅上，然後搬了張腳凳，放在朱嘉靖面前。

「妳真的累壞了，要不要脫下鞋子，我替妳按摩小腿？」

朱嘉靖點頭。「既然是妳害的，妳幫我按摩也對。」

Cindy笑出來，幫她脫下鞋，手指從血海穴開始，轉去風市穴，最後轉去承山穴和商丘穴，朱嘉靖感到肌肉開始放鬆。

「我給妳想到很多發展計劃，可以一步步提升妳的社會地位。」

「真的能做到嗎？」朱嘉靖有這願望，但沒有路線圖。

「當然能做到，但不容易。妳要出一本書去回顧妳的心路歷程和對未來的願景。」

「為什麼要出書？開YouTube頻道不可以嗎？」

「誰用手機都可以拍片，但寫書就不簡單，書是實體，有份量，可以被人捧在手上——」

朱嘉靖別說家裡沒有書，也沒有閱讀的習慣。

「我不懂怎麼寫。」

「不用擔心。寫書是一門專業，只有外行才會覺得隨便寫幾個字就可以變成小說和劇本。要寫出能夠吸引不同的社會階層甚至不同文化背景的人去閱讀的文字，發揮穿透靈魂的影響力，需要經年累月磨練出來的craftsmanship。我會幫妳找來最頂尖的影子寫手，會寫得像妳說話的腔調般自然，就是很多名人找的那一位寫手。女的，冰雪聰明，又長得像仙女般漂亮，妳一定會喜歡她。這書出來後，妳就會身價百倍，甚至可以成立以妳為名的基金會，到時很多錢會自動送上門來，而且，可以獲豁免繳稅……」

要叫「朱嘉靖基金會」或「朱嘉靖慈善基金會」？

朱嘉靖幻想著幾年後的自己是如何風光無限時，手機突然響起來。

她沒接。神通廣大的記者總能找到她的電話號碼。

一分鐘後，她收到一則訊息。

「朱嘉靖女士，我是劍橋醫院打來的，請妳接聽」

她剛看完，電話又響起來，馬上接聽。

「妳現在的身體狀態好嗎？」一道陌生的女聲親切地問。

「一切都很好，謝謝。」

Cindy的手指沒有停止按摩。

「妳在十年前開過一間小型人事顧問公司。」電話的另一端說。「引入ＡＩ進行職業配對，用來分析求職者的個性。三年前，妳把公司賣掉。」

朱嘉靖聽得莫名其妙。這項交易並沒有媒體報導過。

「妳為什麼和我說這個？妳怎會知道？」

「有需要的話，我們會對妳的內內外外進行調查。妳那時的工作壓力很大吧！當人壓力很大、無法應對時，容易出現動脈粥狀硬化、心律不整、血栓問題、高血壓、中風、心臟病發，或其他的心血管問題。」

「我知道，謝謝妳的善意提醒。」

「不客氣。接下來我講的話，希望妳聽完才斷線，因爲妳的命在我手上。藝術大師……喂，妳有聽到嗎？」

朱嘉靖用雙手握著電話，半晌後才問：「妳是誰？」

Cindy抬起頭，和她交換眼神後，識時務地離開，把門關上，留下她一個人在書房裡。

「我是妳的粉絲，能夠和妳通電話，是我莫大的榮幸！妳做過的事情實在太厲害了，能夠集結那六個人成爲一個團隊，本領非常大。他們從來不曾在同一間公司共事，也不存在上下游或客户關係，但他們的職業卻剛好構成一個完整的資料收集鏈。他們是怎樣結識不難找，但要怎樣才能把妳找出來，才是最大挑戰……」

朱嘉靖很想把電話掛上，但天性好奇，任何問題都很想找到答案。

「要找出這六個人的資料，除了LinkedIn和人力銀行以外，就是人力銀行的性向測驗外包公司。於是我去搜尋香港最大的性向測驗公司的資料庫。那六個人眞是極品。性向測驗公司的分析報告都指這六個人極其上進、抽離冷靜、目標爲本、不夾雜個人感情、分析力強，當然，也就是極其自我中心，缺乏同理心。性向測驗公司對他們的瞭解恐怕比他們本人還清楚。他們全都是沒有同理心的psychopath，和連環殺手一樣。妳透過電腦分析來建立『夢幻組合』，把這些擁有不同技能的psychopath集合起來後，他們就會自動發揮所長，互相補位，構成一個針對弱勢女性的獵食鏈。」

「有這樣的事嗎？」她不會以為對方沒有錄音而亂說話。

「妳去性向測驗公司的資料庫裡面找人，但妳有沒有留意到，裡面會記錄每個面試者檔案被調閱的日期和人力銀行的名字，所以，我找到這六個人的檔案都被同一個帳號調閱過，就是妳以前那間人力資源公司。也許妳知道會有這個調閱紀錄，但沒有想到有人會從這裡找到妳。」

朱嘉靖要用雙手捧著手機才不會鬆手。不管這女人是誰，她全都知道了。

「可惜的是，這件事就算公開，以妳現時的名聲，也會被網民認為是惡意中傷的陰謀論。妳只是把一堆瘋子集結起來，沒有觸犯法例。妳現在多了很多有勢力的朋友，她們認識其他更有勢力的朋友。她們需要妳這個頭頂上有光環的人，也會義不容辭地支持妳。而且，妳還有項終極武器，就是那幾百個人質。」

朱嘉靖沒有接話，也沒有糾正對方。她手上的人質不只幾百個，而是五千多個，就算一天丟一個出來，也可以玩上十年八載，或者，一口氣把全部丟出來，像煙花表演的最後一幕一樣。

她可以馬上斷線，但很想聽到人家對自己無可奈何的抱怨。只要她不再回應，對方就奈何不了她。

對方咄咄逼人的口吻一點也不像女人，他是用變聲器吧！他是誰？

「妳這種心臟有毛病的人，受不了多大刺激。妳的父母死了，妳也離了婚，沒有子女，似乎沒有什麼東西可以給妳刺激。妳只介意在銀行的存款，我不知道這是可喜或可悲。我們問過妳前夫……」

她這輩子最討厭的人，就是那個男人。他去醫院探望她，說要離婚，希望她簽紙同意。她拒絕。那對狗男女走在一起後不久，小賤人在自由愛上找到另一位配合度更高的男人，把他狠狠拋棄。活該。

但她始終沒有釋懷。

那些活躍在自由愛上的闊女人破壞了她的幸福，她永遠不會原諒她們。她要毀掉她們的人生。

「他說這輩子最後悔的事，就是和妳結婚，因爲妳控制慾強，妒忌心重，妳的世界裡沒有愛，只有恨。他說野生動物也比妳更有人性，他慶幸沒有和妳生兒育女，祝妳孤獨終老，一輩子沒有人愛。」

她怒火中燒，把手機用力摔到地板上，那部手機從地氈彈起來後，擊中書架旁邊的黑色花瓶，發出清脆的聲音。

她同時開始氣喘如牛，心臟位置開始痛起來。

她深呼吸，希望冷靜下來，一口氣卻怎麼也提不上。

她像看到那些自殺的鬼魂一個個層層包圍自己，也看著自己從椅子上倒下去。

幸好書房門打開，Cindy衝進來，跪在她身前。

朱嘉靖聽不到Cindy說什麼，也說不出話來。

我還年輕。

我有很多事情想做。

我不想英年早逝。

我不再向那些女人尋仇，什麼條件都可以，只要讓我活下去。

很多人影衝進房間裡，但她不但看不清楚，逐漸連撐開眼皮的力氣也失去。

176

【本報訊】名媛朱嘉靖一小時前在薄扶林一間獨立屋舉行慈善活動時突然心臟病發，經現場的醫生即場搶救，最終宣告不治，享年四十四歲。

屋內沒有閉路電視，警方只能向在場人士錄取口供。她的保險經紀事發時在場，指朱嘉靖和賓客拍照期間已經不適，由她攙扶入書房休息。期間朱嘉靖接到電話後神色凝重，保險經紀隨即離開書房，十分鐘後敲門但沒有回應，推門後發現朱嘉靖倒臥在地上。

在場的賓客裡有多位醫生，並即時向朱嘉靖進行心外壓搶救，但朱嘉靖在救護車抵達前已宣告不治。

社會各界對朱嘉靖的英年早逝表示哀悼。

和朱嘉靖認識多年的劍橋醫院院長楊金英表示，朱嘉靖有頑強的生命力，是她見過鬥志最堅強，也是對人生最樂觀積極的病人。

「我們醫護團隊對她的離世深感惋惜，希望她家人能平安度過這個艱難時刻。」

177

「她有屁家人！」曹新一心想。

網路世界有太多假新聞，就算同一件事引來十則報導，也有可能是互相抄襲。有些懶鬼除了把標題改寫幾個字以外，內容都是剪剪貼貼，所以曹新一花了點時間去確認這則好到難以置信的新聞真確無誤後，才舉起拳頭叫好。

偵探社裡的同事本來聚精會神在各自的電腦螢幕上，但目光都被曹新一的舉動吸引過去。

來開會的阿夢，要特地站起來才能看到他。

「是什麼鬼好消息？」「疫情結束了嗎？」「哪個混蛋中了獎？」

曹新一沒理他們，把新聞轉發給小珍，和收到她回覆後，抬頭搜尋巫師的行蹤。

他的辦公室門關著，玻璃牆處於霧化狀態。

曹新一的心怦怦亂跳，腦裡有好幾種不同想法在互相衝撞，只有巫師可以給他答案。

玻璃牆變回透明後，巫師打開會議室的門，臉上掛著笑容。

「剛和大業主談好，今年不但會減租，也會免收兩個月的租金，說是和我們共度時艱。」

同事們終於發出一陣歡呼聲。偵探社的生意在去年年底已經回復到疫情前的六成，擺脫了財政壓力，但大業主給他們這種小生意雪中送炭，一點心意的象徵意義比實際意義來得重要，就像二〇一九年末香港政經局勢動盪之時，李嘉誠基金會派發總共十億港元（約四十億台幣）的「應急錢」無條件支援中小企業，毋須償還。隨銀行本票一同寄出的一張實體卡片印上「一點心意，與您共勉」八個字，附上李嘉誠的印刷簽名，鼓舞了很多面對困難並掙扎求存的人。

巫師說完就退回辦公室，曹新一跟著鑽進去，順手把門關上。

「一個多小時前，朱嘉靖接了個電話後暈倒，懷疑是心臟病發不治。」

曹新一沒坐下，但發現巫師桌上有瓶葡萄汁，以前沒見過巫師喝。

巫師用遙控器把透明玻璃轉成霧化。「我就說這種人等天收。」

「我不是這樣想。她去的私家醫院院長是楊金英，我懷疑是她動手腳。」

「可是她為什麼要這樣做？」

「她女兒洪秀融在四年前自殺，表面上是不堪學業和繼承家業壓力太大，但其實是在自由愛上遇人不淑。我問過小珍，她說洪秀融Annette Hung的名字在上面，所以，楊金英有動手腳報仇的理由。」

「楊金英怎會知道她女兒是受害者？」

「這就精彩了，我有個非常完整的推論。」

「你說。」

「這要從你叫我和阿夢不要再查劏房命案時開始說，像你這種是用義肢的人，怎會不知道這種技術的最新發展？那時你已經懷疑跟義肢有關，但還沒有找到證據。到你叫我不要查下去時，你已經早我好幾步找到答案，也找出朱嘉靖是始作俑者。你沒有誤打誤撞，而是精心佈局。你通知鄧偉，讓他以為朱嘉靖是向他下手的人，來一招借刀殺人，希望她自食其果，就算無法幹掉她，也能讓她重傷。如果昏迷不醒就更好，對她是最大的懲罰，你也不用再煩惱。」

曹新一稍稍停頓，希望從巫師的臉部表情評估他的反應，可是，巫師一直維持著撲克臉。他只好繼續道：「結果，她清醒了，不過，她從公立醫院轉去劍橋醫院這點，在你的意料之中，也是你的後備方案。只要你告訴楊金英你的推論，楊金英就會發揮創意，利用朱嘉靖心臟有問題，給她換上一個有系統漏洞的心臟起搏器（心臟節律器）。」

巫師笑出來。曹新一不確定是恥笑他的猜測，或者用笑容去掩飾。

「這太蠢了吧！為什麼不直接不救她？」

「在公立醫院活下來，去到私家醫院後死掉，這劇本太沒有信服力了。把她的死亡拖到出院三個月後發生，外界就不會懷疑到醫院上。而且，就像你叫我給萬豐年機會改過自新，你也一樣希望朱嘉靖從鬼門關走一圈回來後，會變成另一個人，所以，自她醒來這三個月內，你和楊金英可以持續觀察朱嘉靖的行為，甚至用小飛俠的『行為預測技術』，去判斷她從死神手掌中溜走後，是變好或者變壞。」

巫師把葡萄汁倒進杯裡，迴避曹新一的目光。

「你的想像力太好了。就算楊金英想下手，一個人也無法完成呀！」

「沒錯，這表示涉及的人可能不只楊金英，還有心臟科醫生、外科醫生、手術室護士等，其中幾個是她夫家的人。至於其他的人，以她的院長身份，我希望他們出手是同情她，而不是被威脅。」

「怎可能只有那幾個人？還有手術室護士、麻醉師，和解剖她遺體的法醫等，起碼要九個人。這麼多人怎威脅得了？」

曹新一把巫師的話翻來覆去思考。巫師為什麼要提到「九」這個數目？

「九」的意思是什麼？

對了。

在香港，陪審團人數的上限就是九位。巫師故意提到涉及的人數是九，是否暗示那個由醫護人員組成的陪審團一致認為，朱嘉靖犯下無可饒恕的罪行，因此被處以極刑？

這九個人出手，等於賭上他們一生的名譽和事業。這絕不是一個輕率的決定。

在金庸的《笑傲江湖》裡，有個「殺人名醫」平一指，信奉「醫一人，殺一人；殺一人，醫一人」。

這些能救人一命的醫護人員和法醫，是否同樣擁有殺人的權利？

以巫師的聰明才智，他絕不會想不到其他方法對付朱嘉靖而出此下策。

不，從一開始，他就打算判她極刑，所以後來和這些有能力決定生死的人商量，把她的生命交到他們手上，去構思一個不會引人懷疑的手法來幹掉她。

因為，如果沒被發現，他們是執行正義；被發現的話，他們就會被視為合謀殺人的罪犯。

這次行動，只許成功，不許失敗。

巫師雖然坐在輪椅上，但想法最自由，像叫他寬恕別人，其實不是那一回事。

巫師信奉的道理，和凌友風教的如出一轍：永遠不要被其他人知道自己的真正想法。

是這樣嗎？

他不會去問巫師答案。巫師是老江湖，怎可能把真相告訴他？

巫師的食指向上指。

「她的心臟病發是天意，是司徒素珊看顧我們。我一直都說，造孽的人會有報應。天網恢恢，疏而不漏。」

雖然做了幾年私家偵探，但直到這天曹新一才發現世界雖然有其黑暗醜陋的運作方式，但堅持正義的人也一樣有一套祕而不宣的方式去對抗，這給他帶來一股強大的衝擊。

「我們就是她的報應，對吧？」曹新一以試探的口吻問，希望巫師能透露一點口風。

巫師沒答話，把盛滿葡萄汁的馬克杯舉到嘴邊，不讓曹新一看到他的嘴角是否揚起。

178

朱嘉靖突然爆紅和遽然離世，有極大的戲劇性，也引起社會的廣大迴響。

很多人自發發文討伐自由愛，其中一個幾年前在討論區被爆料床照和影片叫Macy Fong的女人接受訪問說：

「那件事我早就忘了，是其他人沒有忘記。被騙當然很不高興，被大家看到我的影片眞是羞死了。你們看那傢伙，肚子大，沒身材管理，如果我清醒，一定會把他踢下床。如果再見到他，我會把他剪掉然後沖進馬桶裡，爲社會除害，就算坐牢也無所謂。我告訴你們：我的人生，由我決定！不，會，被，一，根，屌，摧，毀！」

底下排山倒海的留言全部支持她，讚她勇敢，甚至有留言說：「雖然我是男人，但支持妳。如果我是陪審員，一定不會判妳有罪。」

這留言有幾百個人按讚。

自由愛沒有因此倒下，不可能，但股價在星期一開市後出現斷崖式下跌，一個上午下跌了超過十個百分點。

曹新一覺得這是個好的開始。

179

小珍調整桌子上幾個相框的位置，把四張內容差不多的照片從相框中抽出來，換了新的照片進去。

這些照片是她花了很長時間才在美茵的雲端硬碟裡找到，再送去沖印店列印出來。其中四張是司徒素珊和美茵的合照，分別攝於美茵幼稚園、小學和中學畢業，都是美茵成長的重要階段，司徒素珊的笑容裡有滿滿的成就感。

最後一張非常難得，是美茵在香港機場禁區外面，準備前往挪威那一天。美茵用手機跟司徒素珊和她自拍，是三人唯一的合照。三人臉上都有對未來充滿憧憬的光采。

小珍忘記拍過這張合照，但沒關係，這照片以後會一直提醒她。

人生不一定會按照劇本發生，但這就是人生，就像司徒素珊做的菜一樣，有甜酸苦辣不同味道。

親愛的Susan，謝謝妳當我是女兒來照顧，留下房子給我，讓我知道世界上有人愛我。我會好好活下去。

還有美茵，妳一定想像不到，我居然瘦下來了，說不定，有一天可以穿下妳的衣服，帶著妳到處跑。

或者，是妳陪著我到處跑？

我會好好存錢，去妳說的那個遙遠又美好的國家，也會去最北的國度，看妳想看卻沒有看過的北極光。

我相信，一定非常漂亮，也畢生難忘。

我們一起去看，好嗎？

180

自從曹新一成為偵探後，學會很重要的一點：重要的事不能隨便說，一定要挑對時間和地點。如果天氣能配合就更好，但那是天意。

他本來三個月前就要處理好這件事，但中間橫空殺出許多事情，自己又拖拖拉拉，直到朱嘉靖火化後才下定決心。

他胡謅了一個相識一千天的紀念日，和趙韻之搭地鐵到處玩。

兩人相識的時間不長，期間碰上社會事件和疫情，至今沒試過一起去外國旅行。疫情前，趙韻之每年暑假都去歐洲玩，而他去過最遠的地方只是東南亞。

這天的行程由他安排。先去旺角，站在一條短短的街道中間的商業大廈門口，指向樓上。

「上面有個體重超過三百磅、叫大神的ＩＴ神人，是黑幫指定的ＩＴ專家。蠱惑仔離開他的辦公室時是身體退後，不能背向他。」

曹新一又說出曾在那條街目睹黑幫用刀斬人的場面。趙韻之的眼睛睜得圓圓大大。這個在大學研究文化的學者認識的江湖，只存在於紙頁和影像裡，和真實的有遙遠的距離。

她跟著他在密密麻麻的招牌下面步行往下一站，走進另一間辦公大樓裡。

「我的辦公室在樓上。」

「是哪一間？」她的眼神在水牌上搜尋，仰頭細看。「沒有一間是ＩＴ公司，但有一間偵探社最接近你的工作性質。其實你是在這裡上班？」

趙韻之不像紀曉芳，一向不抗拒和他討論公事。她的好奇心大得可以把他吞下去。

「我的上司有個很怪的名字叫巫師，是個很有個性的輪椅客。」

她露出吃驚的表情，「就是你跟我說的那個嫌疑人？」

「對。」

下一站，他們去到青衣的物流中心貨倉集中地。物流車絡繹不絕地在公路上奔馳，在交通燈（紅綠燈）前排成車龍。這是曹新一以前沒見到的景像。

「這裡大路上原本只有三個物流倉，現在多到數不完。我以前工作的是最前面那間。」曹新一在這裡可以放心用手去指。「那時還沒有被收購，用的是舊名字。我穿的是舊款制服，上班第一個星期就掉了一顆鈕釦。」

「你在裡面做過？」趙韻之驚問。

「兩個多月，每天下班都累得要死，直到被巫師收編為偵探為止。」

「你的網路技術這麼強，為什麼不找別的工作？」趙韻之上下打量他，像對他的背景重新評估。

「那時沒人願意僱用我。」曹新一嘆了口氣。

她像開始明白他編排這天行程的用意，所以沒有再問「為什麼？」只是用眼神表達，但也不是疑惑，而是期待。

期待他說出答案。

最後，曹新一帶趙韻之去位於筲箕灣的大快樂快餐店吃晚餐。趙韻之沒問原因，只是默默陪他來。

她的耐心和信任，他衷心感謝。

剛進店，曹新一沒去看餐牌，而是先去留意燒味（燒臘）部，人龍很長，疫情下大部份顧客都是買外賣。

廚師右手握刀，努力切。不管是叉燒、油雞、白切雞還是燒鵝，他切好後就會放在碟子或者外賣飯盒上，再淋上醬油或葱油，交給客人。

燒味是大快樂的強項，只要燒味廚師上班，就忙個不停，沒有機會坐下來。如果離開崗位，不是去廁所，就是去後面的廚房拿燒味出來掛在架上。

雖然不是在物流公司搬貨，但這個不斷抬高手再手起刀落的工作，對五十多歲的男人是勞動量不小的體力活。

大快樂的二人晚餐份量不多，味道也不怎麼樣，但和監獄的伙食相比，就是人間美食。

曹新一遲遲沒入正題。

吃完飯，趙韻之終於忍不住問：「這天的行程不是紀念日嗎？為什麼變成回顧你的成長之路？為什麼我們要來這間餐廳？」

曹新一收起笑容，深呼吸一口氣，才鼓起勇氣道：「我一直跟妳說我父母都死了，其實是騙妳。那個在斬燒味的男人就是我爸爸。不過，我有好幾年沒和他講過話。」

趙韻之一臉茫然，焦點從曹新一臉上，跳到在切叉燒的男人身上，又回曹新一臉上。

「你還有什麼事要告訴我？」

她像意識到他接下來要講的話會帶來衝擊，聲音變得不自然，彷彿身上所有力量都被抽走。

曹新一的一雙手不知道應該放在桌子上或者腿上，眼睛也不知道應該注視她或者桌面的殘羹剩飯。

宇宙間最重的不是太陽不是白矮星不是黑洞，而是祕密，沉重得讓他想馬上離開餐廳不再回來，就當過去三年多的時光是一場美夢。

祕密最可怕的是，像黑洞一樣具有強大的引力，能改變人的行為，也能用重力把人壓碎。他努力不懈地去遠離這個在他小宇宙裡的黑洞，但換來自己過著很不真實的生活。只有承認黑洞的存在，他才能找到真正的自己，和讓她瞭解。

「有件事情，我一直找不到機會老實告訴妳，但我覺得妳早晚要知道。如果妳聽後不喜歡，或者覺得我是混蛋，什麼也不用說，就靜靜離開這裡。我們可以再約時間，我會趁妳不在酒店的時候，上去把我的東西搬走。」

趙韻之沒有答話，輕輕點頭。

曹新一吁了口氣，垂下頭，遲遲說不出下一句話來。

雖然他準備了說辭，但鼓不起勇氣開口講第一句。那句話會通向他一直不敢告訴她的祕密。

他的世界，還有她的世界，將可能因為他的話而徹底崩塌。

快餐店裡的人聲一下子變得嘈雜起來。他用手掌掩臉，即使準備多時，但直到這一刻仍然不確定是不是要在最後關頭公開祕密。他的身體不由自主地顫抖起來。

沒想到趙韻之伸出手，輕輕抓著他的手臂。

「你懂那麼多電腦技術，卻沒上大學，我早就覺得有點奇怪。」她的聲音比他想像的平靜，和溫暖。

「妳怎知道我沒上過大學？」他驚問。

「我從學士到博士一共唸了七年，現在是大學講師，怎會看不出來？你不知道lecture（講座）和tutorial（輔導課）的分別，也從來沒有提過大學同學。這不是很明顯嗎？」

趙韻之苦笑，那個笑容一瞬即逝。

曹新一一直以為只要不提大學同學就不會出問題，但原來不提反而有問題。

「那妳又和我一起？」

「你是唯一知道我是無性戀後，沒有當我是怪物的男人。除了過去的經歷以外，你從來沒講過一句謊話。我和你待在一起時是最舒服的。你從來沒有對我毛手毛腳，規矩得不像話。」

曹新一抬起頭來，趙韻之用手拭去他眼角的淚光。「像你這樣善良的人，不管以前犯過什麼錯誤，不管以前為什麼不告訴我，一定有你的理由，我也會欣然接受。」

曹新一眼中的趙韻之開始變得模糊。

有些人惡貫滿盈，卻不必接受法律制裁。有些人沒被關在監獄裡，卻失去自由。有些人雖然很有錢，甚至從一出生就財富自由，但一輩子都被各種慾望和邪念控制，靈魂從來沒有自由過。

他在工作裡見盡社會陰暗和人性醜惡，幸好趙韻之的真誠笑容讓他看到人生裡唯一的光明。她是他最好的朋友，也是唯一懂得他的人。他寧願失去工作，失去居住的地方，甚至失去一切，也不願失去她。

他拉起她的手掌，把自己的臉埋進去，埋得很深很深。

這是改變他人生的重要一天。

離開了監獄多年，他終於真正獲得重生和自由。

《復仇女神的正義　下》完

後記／幾乎放棄的小說

1

這個你手上的長篇小說，本來我打算放棄。

故事靈感來自Marc Goodman的《未來的犯罪：當萬物都可駭，我們該如何面對》（*Future Crimes: everything is connected, everything is vul-nerable, and what we can do about it*），這本於二〇一五年出版的書介紹了當時最先進的高科技犯罪，有些犯罪手法連我這個追得挺貼的人也給嚇壞了。

我很快就決定，要以這個概念寫一部長篇小說。

科技發展一日千里，這種高科技犯罪故事很容易過時，所以我決定走科幻路線，希望十年八載後仍然能給讀者帶來新意，於是構思一個在未來世界裡利用物聯網犯下連環謀殺案的科幻小說，背後涉及無所不能的跨國企業和大量尖端高科技。

次年，我因編劇工作而忙得透不過氣來，科幻小說創作計劃給按下。不料，忙完工作，身體卻出毛病，貧血到醫生說我的性命在危險邊沿，一口氣輸了四包血。

最後，我確診了無法痊癒的免疫系統疾病，很多東西都無法再吃，連愛喝的咖啡跟茶也不能再碰，需要戒口和改變生活習慣。

休養一年多後，已是二〇一八年底，知悉次年由香港貿易發展局舉辦的書展主題是「科幻與推理」，我入選為主題作家，於是趁機為舊作《黑夜旋律》和《人形軟件》（台版為《人形軟體》）推出修訂版，同時整理〈香港科幻發展史〉（做這件事的主要理由是，讓後來者有個脈絡去快速全面瞭解香港科幻發展，而不是不知如何入手）收錄在小說集《免費之城焦慮症》裡。

同一時間處理三本書的書稿，夠忙了嗎？

不，我同時還參與香港作家兼出版人望日策劃的《偵探冰室》（詳情可以看我為他的「小說化半自傳」《小說殺人》台灣版裡寫的推薦序），交出寫作生涯第一個短篇推理〈重慶大廈的非洲雄獅〉。

在同時遊走科幻和推理之間的日與夜裡，我發現自己寫作關注的部份，已經悄悄從科技層面轉移到懸疑、詭計、人物心理和犯罪動機上，而且，由於科技的高速發展，我在二〇一〇年完成的科幻小說《人形軟件》，恐怕再過幾年就會被視為結合高科技的推理小說。

犯罪和推理（兩者分別暫且按下不表）顯然提供更適合的舞台給我發揮，那我直接去寫就好了。

同年年底，疫情來襲，我這長期病患者是高危人士，除了買必需品、遛狗、運動和探望父母以外，幾乎足不出戶。

面對不知何日終結的疫情，心情鬱悶，開始重新思考這個以物聯網為主題的故事，也全面改寫，逐漸把它變成現在的樣子。

這個超長篇的第六個版本在二〇二二年中就寫好，在準備交稿前夕其實很不安。第一次寫長篇推理的作者就交出二十八萬字，怎樣說服讀者去看？

當然有成功的例子，但我就是沒有信心。

剛好看到版權經紀人譚光磊先生在臉書上談「中書外譯」，提到寫八萬字中篇，比長篇容易操作。我認為就算不考慮外譯，這出版策略也有道理，於是馬上開筆寫《姓司武的都得死》，但結果仍然失控，寫了十四萬七千字。

2

《復仇女神的正義》裡提及的是二〇一九及二〇二〇年之間的技術，其實開筆時我打算深入描寫，甚至準備去重考二十年前已經過關的ITIL（Information Technology Infrastructure Library，資訊技術基礎架構資料庫）、CISSP（Certified Information Systems Security Professional，資訊系統安全認證專家）和CISA（Certified Information Systems Auditor，資訊系統稽核人員認證）等專業證照的考試，給我一個暑假去準備鐵定能全部考上。

我花了差不多一年時間去搜集最新的技術細節，仔細到去比較iOS和Android的保安優劣，甚至打算報讀駭客課程，但在故事寫到一半時冷靜分析，技術細節雖難不倒我，但足以令讀者卻步，也容易過時。最終徹底放棄描寫技術細節，反正我看重的是人性和主題。

此外，軟體和科技公司的名稱，為免惹上法律爭議，我適量地進行虛構。那個開源自動駕駛系統目前仍然能在github下載。

故事背景雖然在香港，卻可以在地球任何一個大城市發生。

不管企業大小，網路保安都沒有想像中嚴謹，部份原因是員工的疏忽，或不跟隨指示，或保安漏洞，或其他不知名的原因，這種情況並不因科技發展而消失。

就在去年（二〇二三）八月，由香港政府全資擁有的數碼科技旗艦及創業培育基地「數碼港」被勒索軟件組織Trigona入侵，竊取大量機密資料，並以底價三十萬美元拍賣，時限為約二十三天。最後數碼港沒付贖金，這批包括「ＨＲ」（人事部）、「Finance」（財政）、「Fintech Team」（金融科技團隊）、「Leasing」（租賃）、「Project」（項目）的檔案，連同員工資料，例如相片、手機號碼、申請入職履歷、銀行月結單、身份證、結婚證書和強積金供款紀錄等逾四百ＧＢ資料全部在暗網裡被公開，連ＣＥＯ等高層也不能倖免，還有核數、政府文件等大量敏感資料，完全是教科書等級的資安災難。

技術會過時，但高科技犯罪只會有增無減。

此外，這故事要說的不只網路犯罪，還有性暴力。

故事第三章提及男性作中性打扮向女同性戀者騙炮，取自二〇二〇年在香港發生的真人真事，最終陪審團以大比數五比二裁定無業被告強姦罪名不成立，以及一致裁定非禮罪名不成立，當庭釋放，引起社會譁然。有人認為脫罪理由是「無罪推定」原則（Presumption of innocence）。

據香港《星島日報》在同年十一月五日的報導，事主X小姐認為，「法官以至大律師於性小眾詞彙都不甚瞭解，『L，G，B，T同Q每一個字都要解釋』」，又指「法官同主控雖然都很有耐性聆聽」，但認為對方對這些概念都不瞭解。她建議應為這些案件設立專家證人，讓陪審員對不同性取向及性別認同都有所概念」。

我沒有足夠的法律知識去評論這判決。如果在香港不幸遇上性暴力，可以向「風雨蘭」（rainlily.org.hk）求助，她們提供一站式支援，包括即時及事後醫療、心理輔導、輔導小組、外展陪同和法律諮詢等，另亦會透過「Ta-DA下架支援」（take-down assistance）協助影像性暴力當事人向網絡平台檢舉在未經其同意下被散佈的私密影像。服務會透過關注婦女性暴力協會的名義協助當事人向相關網上平台提出移除要求。

香港立法會於二〇二一年九月三十日三讀通過《2021年刑事罪行（修訂）條例草案》，有關修訂將填補二〇一九年終審法院裁決致「有犯罪或不誠實意圖而取用電腦罪」不能用於檢控偷拍後所致的漏洞，並進一步將一系列未經同意下拍攝、發放、要脅的侵犯受害人身體自主、並涉及私密影像的「影像性暴力」行為定為刑事罪行。

本故事內容純屬虛構，但現實並不一定殘酷無助。韓國作家孔枝泳的小說《熔爐》取材自光州仁和聾啞學校的性侵犯及暴力對待的真實案件，由孔劉買下版權拍成電影（港稱《無聲吶喊》）後引起巨大社會迴響，促起當局重新調查案件，並改變了韓國社會對性暴力的態度。

電影有句台詞我很喜歡：「我們一路奮戰，不是為了去改變世界，而是為了不讓世界改變我們。」

3

我喜歡韓國導演朴贊郁的《復仇》三部曲，特別是《原罪犯》（*Oldboy*），因此也一直想寫屬於我的《復仇》三部曲。

由本書和在前的《姓司武的都得死》和在後的一本構成的《復仇》三部曲，並不是採用同一組人物為主角，而是由三部在同一個城市裡發生的獨立長篇小說組成，每本獨立，但人物會在另一本裡出現，像本書的主角曹新一，其實就在《姓司武的都得死》裡出現過，只是沒有提到名字。

這三部長篇裡的人物，都會在其他長篇裡出現，像司武志信和方雨晴的故事在《姓司武的都得死》裡只是開頭，在不安好心的作者腦海裡，主角和女友能像王子和公子那樣快快樂樂地生活下去的機會率微乎其微。

還有獨眼神探戚守仁，他有兩個懸案需要在退休前破解。

而三部曲的第三本，寫作難度比本作更高，除非我的經濟條件能夠允許我不做其他事情一年半載專注去寫，否則只能攤長來處理，但擔心永遠找不到機會。

《姓司武的都得死》和《復仇女神的正義》這兩本篇幅很長的小說，初稿都是在疫情期間心無旁鶩下完成。

我很清楚現在的寫作技巧比年輕時好很多，但更清楚現在的體能和專注力遠遠比不上年輕時。

不過，我手上還有其他篇幅在十五萬字以下的故事可以寫。

復仇是武俠小說常見的題材，所以我寫本書時也常覺得是在寫武俠。這些二十一世紀的俠客浪跡江湖不用刀劍也不懂武功，但用的是網路技術和物聯網裝備，因此，女俠在鬥智方面的能力不下於男性。

這比較公平，對吧？

雖然來到二十一世紀，但千古文人俠客夢並沒有消失，武林也沒有逝去。在看不到的深海下，俠義的暗流仍然生猛地流動。

4

《姓司武的都得死》出版後，我主動找讀者意見來看。雖然很多讀者都熟悉推理小說，但也有很多讀者別說很少看推理，甚至主要是看影視而少看書。他們對推理小說的期待，顯然和推理迷不一樣。

讀者的要求不盡相同，甚至互相矛盾。

有些讀者用速讀把《姓司武的都得死》看完，希望文字精簡，但有些讀者希望作者重視文筆。有些希望詭計更複雜，但有些只想看人物，詭計太複雜他們就追不上。有些覺得人物太少，但有些覺得人物數量適中，太多就跟不上（這也是我的看法）。有些認為人物性格單薄，有些認為人物設計有層次。有些欣賞書裡的港味，有些卻被這些港味難倒。有些覺得推理小說就是詭計決勝負，有些認為推理小說始終是小說，人物設計、場景描寫、對白和主題等元素同樣重要，少數細心的讀者還讀出更深層的寓意。

對同一件事、同一本書、同一部電影有不同的意見，才是多元社會的正常發揮，畢竟每個人讀書時都帶著各自獨特的閱讀和人生經驗，我也樂見不同的反應。

我下筆不重視文學性，但非常重視能否吸引讀者一頁頁看下去，只有這樣才能說服讀者「閱讀是樂趣，看完一本書的滿足感不下於追劇」，希望培養沒有閱讀習慣的讀者去看書，繼而一本本買下去，這不只能給作者賺取收入，同時也能支持出版社、通路、書店和其他工作人員，否則出版社賠大錢根本不會投資下一本書，而我也可能要接更多工作而擠壓寫小說的時間，繼而影響品質。由於我無法對次一級的品質妥協，唯一可能就是停寫。

作者和讀者是共生關係。

我重視讀者，但不會把讀者意見照單全收，而是過濾。

在Plurk上有位署名「帕」的讀者，指出閱讀《姓司武的都得死》時感到輕微障礙時說：

「可能對編輯來說我的疑問不是問題吧」

我從來沒思考過這個方向。這表示可能整個製作流程出現盲點，而我們作者和出版社一點也不知道。

蓋亞編輯部的同仁身經百戰，閱讀能力是專業等級，和我合作無間的責編亘亘更是由《偵探冰室》台版第一集開始就登上我們的航空母艦，經過我們香港作者四年多（截至二〇二三年暑假）的嚴格訓練（《姓司武的都得死》應該是最大挑戰），雖然她至今仍然聽不懂粵語，但看懂很多港式用語，甚至可以提醒我髒話「冚家剷」和「冚家鏟」應該統一用字。

題外話，蓋亞本來打算把「冚家剷」放在《姓司武的都得死》的書腰文案上。「『冚家剷』這句罵人全家死光的髒話他常掛嘴邊，但從沒想過有人會提出這種要求。」可惜這個包含髒話的書腰文案在我指出很驚人但也充滿期待後遭否決。

我相信less is more，認為是所當然的部份就不需要解釋，甚至不需要把所有事情寫出來，希望留想像空間給讀者自己去思考（《姓司武的都得死》的主題並不是丁權，丁權只是主題裡較容易理解的部份），但不是所有讀者都這樣想。

我沒有接受過文學訓練，但拿了個電腦學位和ＭＢＡ，也做過項目管理，認為寫小說和開發產品沒有兩樣，一樣要面對用戶和市場。

指揮帝王卡拉揚（Herbert von Karajan, 1908-1989）結過三次婚，最後一任妻子Eliette Mouret比他年輕超過三十歲，婚前是模特兒，十八歲時由Christian Dior發掘，是古典音樂的外行人。

她的維基條目裡有一句話，翻成中文是：

「卡拉揚重視妻子的音樂判斷力，因為她既不是受過訓練的音樂家，也不是專業的音樂學家（musicologist），而只是一個『純粹的音樂愛好者』，他認為她比專家或行內競爭對手更能代表音樂會觀眾和買唱片的消費者。」

真是醍醐灌頂。

《復仇女神的正義》的敘事方式比《姓司武的都得死》複雜很多，我擔心讀者消化不良，所以依照卡拉揚的看法，再參考《史蒂芬．金談寫作》（*On Writing: A Memoir of the Craft*）的建議，找來幾位試讀者：盧敏芝博士、「家住跑馬地的LWY」、朱怡萱、Mountain和哈利，請她們對《復仇女神的正義》提供意見。

這五人裡，盧敏芝博士是文學專業，給我了非常厲害的建議。哈利是蓋亞的同仁，但並不屬於編輯部。「家住跑馬地的LWY」是《偵探冰室》的讀者。朱怡萱和Mountain是我從她們的ＩＧ上找來，有點隨機的性質。

她們五位背景各異，無法全面代表我的目標讀者群，但比起作家朋友和編輯，她們的閱讀口味更接近普羅大眾，可以告訴我大眾想要看什麼。

用管理學的講法，我就是成立焦點小組（focus group），不過，不是由出版社在進行市場調查時成立，而是由作者在修改稿件前夕成立，比較像電影發行商的做法。

由作者發起焦點小組的好處是，採納哪些意見，否決哪些意見，可以自己決定，畢竟每個作者都有自己的審美觀。

為了保護稿件（每一份都有暗號），其中三位只看過一半稿件。盧敏芝博士讀到全文，因為她邀我去過香港都會大學主持科幻小說講座，如果稿件從她那邊流出的話，我知道去哪裡找人（然後被保全人員趕走）。哈利也讀到全文，如果從她那邊流出的話，蓋亞會派出殺手對付她。

我拿到她們的回饋後，針對至少兩處做了更深入的補充。另外，純粹出於自己的想法改變，調整了很多段落的次序，也新寫了不少情節。

最終成品仍然由我一人負全責，因為掛上作者名稱的就是我，責無旁貸。

我並不認為以上方法值得其他作者效法，原因有三：

一、要找到適合的試讀者比很多人想像的困難。我不是要找啦啦隊，而是要找到能指出我思考盲點的人。

二、要仔細評估試讀者的回饋並不容易。是參考讀者意見，還是被讀者帶著走？

三、稿件需要保密，如果在印好書後準備發到書店前夕就在網路上流傳，雖然和成書內容很不同，但還是會給出版社帶來困擾。蓋亞會派出最頂級的殺手找上我，雖然有可能反過來被我幹掉，但還是很麻煩，打亂我下一本的寫作進度。

網路上有幾個ＡＩ宣稱能針對故事提出意見，可是我比較相信人類，因為人類作者寫作時流淚這點，ＡＩ做不到。

《復仇女神的正義》第一稿是二十八萬字，焦點小組看的是二十五萬字的第六稿，最後定稿是二十三萬字的第十稿。每次修稿都會增刪字數，但主要是刪。

5

有一點，是沒有試讀者能幫得上忙，就是決定港味的濃度。

我年輕時在香港接受的教育，中文老師說下筆不能寫廣東話，要轉為書面語，理由是方便香港以外的讀者去閱讀，但這裡還有個潛台詞，就是廣東話只是「方言」，不入流。

不，廣東話有「九聲六調」，比只有四聲的官話更歷史悠久，而且保存更多古漢語。

不少中國作家的小說都以北方話入文，為什麼廣東話不可以？

所以，我從開始寫《偵探冰室》時就決定，希望在書裡加入港味，由文字築構的小說，由於沒有畫面，港味只能由文字表達，所以保留香港用語，成為保留港味的主要方法。

這當然要付出代價。責編亘亘給我的校對稿，不少篇幅就是在建議怎樣把香港用語轉換成台灣用語，而有時我又堅持不改，因為一轉為台灣用語（其實很合理，因為書是在台灣出版），就變成香港讀者看不懂，甚至被熟悉香港文化的台灣讀者指責不夠香港。

於是，以下用語我採用香港的慣用寫法：

身份（身分）、計劃（計畫）、瞭解（了解）、抽煙（抽菸）、單人匹馬（單槍匹馬）、稍為（稍微）。

全書中的佈（布）、份（分）等也以香港習慣用法為主。

同時，沒用使用「台」這個台灣常用的量詞去說電話、汽車、升降機等。

不過，我採用台灣用語「軟體」和「網路」而不是香港用語「軟件」和「網絡」，怕這兩個頻密出現的名詞保留港式用語，會打斷台灣讀者的閱讀節奏。

這個選擇好矛盾，我不得不承認在用語的選擇上，仍然在摸索階段，希望未來的香港作者不用面對同樣的煩惱，也就是說，香港用語被香港以外讀者廣泛接受。

台灣人不知道「春袋」就是「陰囊」，所以「燒春袋」需要譯為台灣用語。書裡用「燒雞巴」而不是「燒陰囊」，原因和某部港片的字幕有關，有興趣的朋友可以自己去google。這情況表示「翻譯」有時不一定按照字面意思，而是用相對的慣用語。

6

說回書裡一些事實。

連環殺手凌友風的背景設定來自香港最惡名昭彰的連環殺手「雨夜屠夫」林過雲。他從我還是小學生開始坐牢，至今坐了四十多年。很多香港中學生講不出四大天王的名字，但聽過林過雲的。我沒讀過他的訪問，只看過報導。他目前和我住在同一個島上，不過，住的是高度設防的石壁監獄。幾年前傳說他會申請假釋，但最後證實是子虛烏有。

除了背景設定以外，凌友風和林過雲沒有其他部份相同。

天王巨星去酒店的餐廳要吃雲吞麵，是當時的員工告訴我的，不同的是，現實中那間是五星級酒店。

乾冰公司用飯盒盛載乾冰送去學校的做法，是由中華基督教會燕京書院的科學科科主任兼科幻小說作家梁添博士相告。

第一次聽時覺得太兒戲，但細想之下，發現這是最快捷和方便的做法。回收冰桶雖然合理，但增加交收時的時間成本。這和有些快餐店用即棄餐具的理由一樣。

7

最後要說：

書裡有一章叫「明朝」，我不會莫名其妙取個這樣的篇名。到底玩什麼花樣，就讓喜歡歷史的朋友去鑽研，再一步一步去找到本故事結局對應的某個歷史事件（條目裡會找到另一個角色的名字）。不過，就算沒找到，也不會影響閱讀本故事的樂趣。

雖然這是個「以暴易暴」的故事，但本人反對使用暴力解決問題，也不鼓吹使用暴力解決問題。

這故事雖然涉及物聯網和性暴力，但兩者都不是本書真正的主題。

謝謝所有用真金白銀捧場、陪我走完這本創作超過八年字數超過二十三萬的超長篇推理小說和這篇超長後記的讀者。這是至今花我最長時間去寫也最難寫的長篇小說和後記，希望你喜歡。

譚劍

2024.01

鳴謝

撥冗閱讀書稿並提供意見的試讀者：

Mountain

朱怡萱

哈利

家住跑馬地的LWY

盧敏芝博士

及

帕

梁添博士

(以上按姓名筆畫排序)

以及在FB、IG、Plurk等社群網路上

發文支持《姓司武的都得死》的廣大讀者

復仇女神的正義

國家圖書館出版品預行編目資料
復仇女神的正義／ 譚劍 著.
——初版.——台北市：蓋亞文化，2024.02
面；公分. (故事集；35)

ISBN 978-626-384-092-8（下冊：平裝）

857.81 113001440

故事集 035

復仇女神的正義 下

作　　者　譚劍
封面插畫　森森
裝幀設計　張巖
責任編輯　盧韻亘
總 編 輯　沈育如
發 行 人　陳常智
出 版 社　蓋亞文化有限公司
地址：台北市103承德路二段75巷35號1樓
電話：02-2558-5438　傳真：02-2558-5439
電子信箱：gaea@gaeabooks.com.tw
投稿信箱：editor@gaeabooks.com.tw
郵撥帳號 19769541　戶名：蓋亞文化有限公司
法律顧問　宇達經貿法律事務所
總 經 銷　聯合發行股份有限公司
地址：新北市新店區寶橋路二三五巷六弄六號二樓
電話：02-2917-8022　傳真：02-2915-6275
港澳地區　一代匯集
地址：九龍旺角塘尾道64號龍駒企業大廈10樓B&D室
電話：+852-2783-8102　傳真：+852-2396-0050
初版一刷　2024年2月
定　　價　新台幣340元
Published and printed in Taiwan

GAEA
ISBN 978-626-384-092-8

Gaea

GAEA

GAEA

GAEA